Filosofien pelit

Filosofien pelit

Tuomas Korppi

Kannen valokuva: Sari Känsälä
Kustantaja: BoD – Books on Demand, Helsinki, Suomi
Valmistaja: BoD – Books on Demand, Norderstedt, Saksa
ISBN: 978-952-80-0674-9

Sisältö

Esipuhe

Tämä kirja käsittelee pelejä monin tavoin. Pääpaino on lauta- ja korttipeleissä, mutta lisäksi teemme ekskursioita pihapelien ja tietokonepelien maailmoihin. Ensimmäiset kolme osiota sisältävät pelien pelaamisesta kertovia lyhyitä fiktiivisiä tarinoita. Tarinoiden tyylilajit vaihtelevat lastenkirjallisuudesta eroticaan, ja tapahtumaympäristöt historiasta arkirealismin kautta spefiin. Historiallisille tarinoille, sekä romanttisille ja eroottisille tarinoille on kummillekin oma osionsa. Koska luokittelumenetelmät ovat harvoin täydellisiä, kolmannessa osiossa ovat ne tarinat, jotka eivät sopineet kahteen edellämainittuun osioon. Neljäs osio sisältää raapaleita. Raapale tarkoittaa tasan sadan sanan mittaista novellia, ja osio sisältää niin puhtaita tarinoita kuin filosofisempiakin tekstejä. Joukossa on myös muutama filosofinen dialogiraapale.

Viides osio on tutkielmani pelien metafysiikasta, jossa lähestyn vakavamman lauta- ja korttipelien pelaamisen eetosta filosofian kautta. Osassa on systemaattisesti kehitetty niitä ajatuksia, joita käytännön tasolla on kuvattu tarinoissa.

Osa I

Historiallisia tarinoita

Filosofien peli

Vuonna 1392 Oxfordin kaupungissa kapealla kujalla oli sattunut konflikti. Härkävaunut yrittivät mennä yhteen suuntaan, mutta vastakkaiseen suuntaan pyrki juopunut miesjoukko.

"Peruuttakaa", Jack, härkävaunujen kuski sanoi. "Jalankulkijat väistävät kulkuneuvoja."

"Tiedättekö keitä me olemme", juoppojoukon johtaja, herra Southcliffe sanoi. "Olemme yliopiston henkilökuntaa ja opiskelijoita."

"Olkaa vaikka itse paavi ja kuningas", Jack vastasi. "Mutta jalankulkijat peruuttavat."

"Sinä sivistymätön moukka", Southcliffe vastasi. "Minä olen itse yliopiston rehtori."

"Ketä sinä kutsut sivistymättömäksi?" Jack kysyi. "Lyön vetoa, että itse häviäisit naiselle ritmomasiassa."

Juoppojoukko rähähti nauramaan. Ritmomasia oli tuon ajan oppineiston suosima shakin tapainen lautapeli, joka opetti pythagoralaista matematiikkaa.

"Kiinni veti", Southcliffe vastasi. "Tuo luokseni nainen, joka voittaa minut, ja sinun ei enää koskaan tarvitse väistää yliopistolaisia. Annetaan tietä tälle ihmenaisen tuntijalle."

Ivallisesti pokkuroiden juoppojoukko päästi härkävaunut menemään.

Jack oli tyytyvinen. Hän oli vain sekatavarakauppias ja oli tunnistanut Southcliffen yliopiston rehtoriksi, mutta Jack oli nuorena oppinut ritmomasiaa ylioppilasystävältään ja opettanut myös tyttärensä pelaamaan. Tytär, Sarah, oli nopeaälyinen ja päihitti kahdeksantoistavuotiaana isänsä mennen tullen.

Viikon päästä rehtori Southcliffen luona Sarah ja Southcliffe katsoivat toisiaan. Sarahin katse oli ujo, ja hän mietti, kuinka hän pärjäisi tälle suurelle herralle. Sarah ei enää kahteen vuoteen ollut hävinnyt yhtään peliä ritmomasiassa, mutta toisaalta hän ei ollut koskaan pelannut ketään muuta vastaan kuin isäänsä.

Southcliffen katse oli sen sijaan yhdistelmä himoa ja ylemmyydentunnetta. Hänen mielestään ritmomasia, filosofien peli, heijasteli lukujen harmoniaa, eivätkä naiset sellaisista asioista ymmärtäneet. Filosofien peli johdatti pelaajansa ajattelemaan maailmankaikkeuden harmoniaa, sitä kuinka lukujen suhteet hallitsivat todellisuutta, eikä tavallinen kauppiaan tytär voinut mitenkään ymmärtää maan ja taivaan salaisuuksia. Kauppiaan tytär oli tosin kaunis, ja Southcliffe olisi mielellään huvitellut tämän kauneuden kanssa, jos tytön isä ei olisi ollut läsnä. Se oli kuitenkin maallista kauneutta, joka kalpeni lukujen harmonian kauneuden rinnalla, tai niin Southcliffe ainakin opiskelijoilleen opetti.

Sarahin ja Soutcliffen välissä oli pelilauta. Se oli samantapainen kuin shakkilauta, samanlevyinenkin, mutta tuplasti niin pitkä. Sarah ja Southcliffe asettelivat nappuloita alkuasemaan, Sarah valkoisia ja Southcliffe mustia. Nappulat olivat ympyröitä, kolmioita ja neliöitä, ja jokaisessa nappulassa oli lukuarvo, kahdesta noin kolmeensataan. Ympyrät liikkuivat yhden askeleen kerrallaan, kolmiot kaksi ja neliöt kolme. Southcliffeä nappuloiden muodot muistuttivat geometriasta, siitä kuinka aksioomista voitiin johtaa teoreemoja, kun taas Sarahille ne olivat vain muotoja, joilla erottaa eri tyyppiset nappulat toisistaan.

Jack katseli alkuvalmisteluja sivusta. Hän ei tiennyt, kuinka pelissä kävisi. Hän itse oli aikoinaan oppinut voittamaan filosofianopiskelijaystävänsä, vaikka tämä erikoistui geometriaan. Sarah puolestaan voitti Jackin. Hänellä ei ollut tietoa, kuinka hyvä pelaaja Southcliffe oli.

Peli alkoi. Pelaajat siirtelivät nappuloita vuorotellen. Sitten Sarah sai kasinumeroisen nappulansa kahdeksan askeleen päähän Southliffen 64-nappulasta. "Kahdeksan kertaa kahdeksan on kuusikymmentäneljä", Sarah sanoi ja käänsi 64-nappulan ylösalaisin, vaalea puoli ylöspäin. Nyt se oli Sarahin nappula. Peli jatkui. Sitten Southliffen 66-nappula joutui Sarahin 64-nappulan ja 2-nappulan väliin. "64 plus 2 on 66", Sarah sanoi ja käänsi 66-nappulan omakseen.

Peli jatkui samaan tapaan. Lukujen suhteet määräsivät, milloin nappula vaihtoi puolta, Southcliffen nappulasta Sarahin nappulaksi tai toisinpäin. Kumpikin pelaaja oli hyvä päässälaskija. Southcliffe yliopistomiehenä, ja Sarah puolestaan siksi, että hän oli oppinut isänsä kaupan kirjanpitoa ja itse asiassa hoitikin sen pääosin. Lisäksi kumpikin oli kokenut ritmomasian pelaaja.

Lopulta Sarah sai 2- 4- 6- ja 8-nappulansa riviin Southcliffen puolelle lautaa. "2, 4, 8 on geometrinen progressio", Sarah sanoi. "4, 6, 8 on puolestaan aritmeettinen progressio."

Geometrisessä progressiossa kahden peräkkäisen luvun osamäärä on vakio, yllä siis 4/2=8/4. Aritmeettisessa progressiossa puolestaan kahden peräkkäisen luvun erotus on vakio, siis yllä 6-4=8-6.

"Kunnioitettava voitto", Southcliffe joutui myöntämään. Southcliffen mielestä tilanteessa ei ollut mitään kunnioitettavaa, mutta voitto kahdella progressiolla yhtaikaa oli nimeltään kunnioitettava voitto.

Southcliffen ajatukset risteilivät. Hän joutui myöntämään, että ritmomasiassa saattoi pärjätä naisen oveluudella. Maan ja taivaan salaisuuksia, lukujen harmoniaa, hän ei uskonut naisen edelleenkään pystyvän ymmärtämään, mutta hän oli juuri saanut vahvan todisteen siitä, että ritmomasiassa riitti oveluus. Viisautta ei tarvittu.

"Mites se veto?" Jack kysyi. "Tästä lähin minun ei tarvitse väistää yliopistolaisia."

"Tuo nainen pelaa kuin paholainen", Southcliffe julisti. "Hänen pelinsä on pikkunäppärää kikkailua, eikä siinä ole jälkeäkään todellisen ritmomasianpelaajan viisaudesta!"

Soturien peli

Knut tunkeutui taloon ja näki sängyn alle piiloutuneen naisen. Hänestä saisi arabeilta hyvän hinnan. Naista ei kannattaisi raiskata, raskaana olevista ei maksettu paljoa. Knut oli laivaseurueen kanssa ryöstelemässä Skotlantia ennen kuin he menisivät myymään saaliin Välimerelle. Knut kiskoi naisen esiin ja heitti tämän lieden viereen, ja sitten hän meni tutkimaan kaappia.

Kaapista löytyi painava kangasnyytti, ja kun Knut avasi sen, sisällä oli kultainen, jalokivin koristeltu pikari. Mikä aarre! Sellaista ei kalastajakylästä odottanut löytävänsä.

Pikarin ja naisen kanssa Knut poistui talosta. Tällöin hän kohtasi Haroldin, ryöstöseurueen johtajan.

"Kappas", Harold sanoi. "Mitäs talonpoika on löytänyt?"

Knut yritti piilottaa pikaria selkänsä taakse, mutta oli myöhäistä. Harold kiskoi pikarin Knutin kädestä.

"Nyt se on minun", Harold sanoi.

Knut oli yksi harvoista vapaista talonpojista ryöstöporukassa, joka koostui pääosin ylimyksistä. Siksi hän oli jatkuvan kiusaamisen uhri.

"Sovimme, että jokainen saa pitää sen mitä löytää", Knut sanoi. Yksi orja olisi aika laiha ryöstösaalis.

"Minun strategiani ansiosta valloitimme tämän kylän", Harold sanoi. "Olen siis ansainnut pikarin. Jos olet eri mieltä, niin tule ottamaan." Harold kohotti kädessään olevaa taistelukirvestä.

Knut ajatteli, ettei kalastajakylän lyömiseen juurikaan strategiaa ollut tarvittu.

"Jos vetoat strategiaasi, niin ei taistella asein", Knut sanoi. "Ratkaistaan, kumpi on parempi strategi."

"Selvä", Harold sanoi. "Minä pelaan kuninkaan puolta."

Kummallekin oli selvää, että puhuttiin tafl-lautapelistä. Viikinkien keskuudessa sen taitajia arvostettiin, ja ylimyksenä kaikki kuvittelivat Haroldin olevan talonpoikaa parempi pelaaja. Kuitenkin Harold oli valinnut kuninkaan puolen. Taflissa pelaajilla oli erilaiset roolit. Toinen pelasi kuningasta ja tämän miehiä, ja yritti saada kuninkaan pakenemaan pelilaudan reunalle. Toinen pelaaja puolestaan pelasi hyökkääjillä, jotka yrittivät saartaa kuninkaan. Kun kaksi keskinkertaista pelaajaa pelasi, kuninkaan puolta pelaavalla oli etulöyöntiasema. Pelaajien taitojen kasvaessa etulyöntiasema kuitenkin tasoittui niin, että hyvien pelaajien pelissä kummallakin oli yhtäläiset voitonmahdollisuudet. Aivan huipputasolla hyökkääjillä oli pieni etulyöntiasema. Vaatimalla kuninkaan puolta itselleen Harold oli paljastanut taitotasonsa. Toisaalta Knutkin tiesi ettei ollut mikään ekspertti taflissa, joten pelin lopputulos jäisi nähtäväksi.

"Thralli, käy hakemassa pelilautani laivalta", Harold sanoi vieressään seisovalle palvelijalleen.

Knut ja Harold istuivat maassa. Heidän välissään oli ebenpuinen pelilauta, johon oli taltalla uurrettu 11 x 11 -ruudukon reunaviivat. Eebenpuuta sai arabeilta, he saivat sen kauppareittejään pitkin kaukaa etelästä. Laudalla oli alkuasetelmassa pelinappulat. Kuningas ja kuninkaan miehet olivat laudan keskellä, kuningas laudan keskimmäisessä ruudussa. Nämä nappulat oli tehty meripihkasta, ja kuningas erosi korkeampana alamaisistaan. Mursun syöksyhampaista tehdyt hyökkääjät olivat asetelmissaan kunkin reunan keskivaiheilla.

Viikingit olivat kerääntyneet ringiksi Knutin ja Haroldin ympärille. Ryöstely oli keskeytetty tämän jännittävän pelin ajaksi.

Taflissa kukin nappula siirtyy minkä tahansa etäisyyden suoraviivaista reittiä, kunhan mikään nappula ei ole tiellä. Monta sataa vuotta myöhemmin Eurooppaan saapuisi shakkipeli, jossa torni liikkuisi samoin kuin kaikki nappulat taflissa. Taflissa vastustajan nappulan sai syötyä saartamalla sen kahden oman nappulan väliin. Kuninkaan puoli voitti, jos kuningas pääsi mihin tahansa laudan reunaruuduista. Hyökkääjät voittivat, jos ne saivat syötyä kuninkaan. Peli alkoi. Knut huomasi, että Harold ei laatinut pitkän tähtäimen pelisuunnitelmaa, vaan alkoi siirrellä miehiään pois kuninkaan reittien edestä. Alussa kuninkaan omat miehet blokkasivat kuningasta, ja Harold yritti yksinkertaiseti siirtää näitä syrjään niin, että kuninkaalle avautuisi reitti laudan reunalle.

Knut sen sijaan pelasi pitkän tähtäimen suunnitelmalla. Siirto siirrolta hän rakensi vähitellen nappuloistaan saartorengasta, jonka sisään kuningas ja tämän miehet jäisivät. Harold puolestaan muutti strategiaansa ja alkoi siirrellä kuninkaan miehiä ruutuihin, joista Knut halusi saartorenkaansa kulkevan.

Harold ei ollut mestaripelaaja, eikä hän osannut kunnolla suojata saartorengasta blokkavia miehiään. Niinpä Knutin oli helppo laajentaa rengasta sen verran, että blokkausta yrittävät miehet jäivät renkaan sisään.

Lopulta Knut sai saartorenkaan valmiiksi. Sen ulkopuolelle jäi vain yksi kuninkaan mies. Harold käytti tuota miestä ja sarrettuja miehiään saartorenkaan muodostavien hyökkääjien syömiseen, ja Knut joutui paikkaamaan saartorengasta. Lopulta Harold kuitenkin teki virheen, ja Knut sai saarrettua tuon yhdenkin miehen renkaan sisään. Sen jälkeen Knutin oli helppo kiristää rengasta ja yksi kerrallaan napsia sen sisään jääneet miehet, kuningas mukaan lukien.

Harold katsoi lautaa kauhuissaan. Hän oli hävinnyt alhaiselle talonpojalle. "Huijari!" hän huusi. "Ettekö nähnet, hän huijasi?" nämä viimeiset sanat oli osoitettu peliä seuraaville viikingeille.

"Ei hän mitään huijannut", Erik, kokenut ja arvostettu soturi sanoi. "Hävisit paremmallesi."

"Pikari ainakin on minun", Harold sanoi ja tarttui maljaan.

Erik kiskoi maljan Haroldin kädestä ja antoi sen Knutille. "Pikari on Knutin."

"Ainakin johtajanasema on edelleen minun", Harold sanoi, ja jat-

koi Knutille: "Pidä pikarisi, mutta määrään sinut kantamaan olut-
tynnyrit tänne thrallien kanssa."

Pikari oli Knutin, mutta hän oli juuri saanut elinikäisen vihamie-
hen.

Pelurien peli

Eräänä syyskuisena iltana vuonna 1775 Pariisissa Pierre Lemoir astui kapakkaan tarkoituksenaan nauttia viinilasillinen. Tavallisesti hän vietti aikansa henkisten ihmisten parissa eikä käynyt juottoloissa, mutta nyt hän oli viettänyt päivän kädestäennustajan opissa, ja uutta tietoa oli tullut niin paljon, että hän koki tarvitsevansa rentoutusta.

Pierren silmät osuivat pöytään, jossa neljä miestä pelasi korttia. Pöydällä oli kortti, jossa oli kuusi käyrää miekkaa lomittain. Kauhukseen Pierre tunnisti kortin.

"Millä te oikein pelaatte!" Pierre huudahti.

"Taroteilla", eräs pelureista vastasi.

Tarot-kortit koostuivat neljästä maasta: Miekoista, kolikoista, maljoista sekä sauvoista, ja niiden lisäksi kahdestakymmenestäkahdesta suurten salaisuuksien kortista, joissa oli kuvattuna esoteerisia aiheita, kuten tuomiopäivä, elämänpyörä ja ylipapitar. Kortit erosivat tavallisista pelikorteista, joissa oli jo tuohon aikaan maina pata, hertta, risti ja ruutu.

"Mutta nuo ovat pyhät kortit", Pierre jatkoi. "Niihin on sisällytetty symbolisessa muodossa koko muinaisen Egyptin viisaus. Ja te häpäisette ne jonninjoutavilla peleillä!"

"Oletteko aivan sekaisin?" eräs pelureista ihmetteli. "Pelikortithan tarotit ovat, jo isäni pelasi niillä ennen syntymääni."

Pelurit katselivat toisiaan kummeksuen, he eivät voineet ymmärtää Pierren reaktiota. Pierren reaktio tulee ymmärrettäväksi, jos kerromme, että pari kuukautta aiemmin Pierre oli saanut samanlaisen pakan itseltään suurelta okkultistilta Etteillalta. Etteilla oli myös lainannut Pierrelle käsikirjoitustaan, jossa kerrottiin, kuinka pakkaa pystyi käyttämään tulevaisuuden ennustamiseen. Pierre oli tutustunut suurten salaisuuksien korttien kätkettyyn symboliikkaan, ja neljän maan korttien mystisengeometriset muodot kiihottivat hänen mielikuvitustaan.

"Lopettakaa tuo herjaava peli heti!" Pierre huusi.

"Tavallinen pelihän tämä on", pelurit sanoivat. "Te olette ihan kaheli."

Tällöin Pierren mielessä syttyi idea. Hän koki olevansa henkisessä yhteydessä tarotsymboliikkaan, toisin kuin nuo korttien häpäisijät. Hän pystyisi voittamaan nämä näiden omassa pelissä.

"Ottakaa minut peliin", Pierre pyysi, "ja luvatkaa, että jos jään illan aikana voitolle, ette enää koskaan häpäise taroteja pelaamalla niillä."

Sekaisin olevat ihmiset olivat kortinpelaajien suosiossa, koska heiltä pystyi kynimään rahat helposti.

"Otamme haasteen vastaan", Jacques, vanhin kortinpelaajista sanoi. "Panos on livre per kymmenen pistettä."

Pelurit selittivät Pierrelle pelin säännöt. Peli koostui tikeistä, joista kuhunkin jokainen pelaaja löi yhden kortin. Edellisen tikin voittaja aloitti aina seuraavan tikin, ja hänen lyömänsä kortin maa oli ajettu maa. Muiden piti lyödä kortti ajettua maata, ja jos sitä ei ollut, niin piti lyödä valtti. Suurten salaisuuksien kortit toimittivat valttien virkaa, ja itse asiassa pelurit eivät olleet kuulleetkaan nimitystä suurten salaisuuksien kortit, vaan yksinkertaisesti kutsuivat kyseisiä kortteja valteiksi. Tikin voitti korkein valtti, tai jos tikkiin ei ollut lyöty yhtään valttia, korkein korti ajettua maata. Kullekin pelaajalle jaettiin alussa 12 korttia, ja kun kaikki kortit oli pelattu tikkeihin, pelaajat saivat pisteitä voittamiensa tikkien määrästä ja niiden sisältämistä tietyistä arvokkaista korteista. Kun pisteet oli laskettu, alkoi uusi jako.

Pelurit olivat laskeneet sen varaan, että Pierre olisi pelissä aivan pihalla, mutta kolmen jaon jälkeen Pierre oli pari livreä voitolla. Ei niin paljon voitolla kuin Jacques, mutta voitolla kuitenkin. Pierre oli lapsena pelannut korttia perheensä kanssa tavallisilla pelikorteilla ja pystyi soveltamaan vanhoja taitojaan. Suurten salaisuuksien korttien arvojärjestys piti vain muistaa, mutta senkin Pierre oli opetellut esoteerisia tarkoituksia varten. Kaikki Ranskassa tuohon aikaan pelatut korttipelit toimivat samalla tikkipeliperiaatteella, vain käytetty pakka, jaettujen korttien lukumäärä ja pisteenlaskun yksityiskohdat vaihtelivat, joten taitojen siirto pelistä toiseen oli mahdollista.

Kolmen jaon jälkeen pöydän alla tapahtui jotain mitä Pierre ei huomannut. Pelurit potkivat toistensa jalkoja, ja tämä oli merkki: Tästedes kukaan ei tavoittele omaa voittoa, vaan yritetään saada Pierre häviämään. Rahat tasattaisiin pelin jälkeen, joten jokainen saisi osansa Pierreltä kynityistä rahoista.

Tämän jälkeen Pierre alkoikin häviämään. Ei niin nopeasti, että se olisi herättänyt hänen epäilyksensä, mutta kuitenkin niin, että tappiota tuli useammin kuin voittoa.

Lopulta kaikki Pierren ylimääräiset rahat olivat menneet. Jäljellä oli enää seuraavien kahden viikon ruokarahat. "Tämä tarotien häpäisy pitää saada loppumaan, hinnalla millä hyvänsä", Pierre ajatteli ja jatkoi pelaamista.

Seuravassa jaossa Pierre saikin paljon valtteja, mukaan lukien suurimpia valtteja. Hyviä kortteja vastaan edes vastustajien yhteispeli ei pure, joten Pierre sai kartutettua pelikassaansa.

Hyvällä onnella on kuitenkin taipumus loppua nopeasti, ja hyvää jakoa seurasikin niin monta huonoa jakoa, että Pierren rahat loppuivat.

"Antakaa minun jatkaa pelaamista velaksi", Pierre pyysi.

"Emme tunne sinua", Jacques vastasi. "Katoaisit kuitenkin illan jälkeen, eikä meille jäisi kuin arvoton velkakirja."

"Siinä tapauksessa minun täytyy hyvästellä teidät", Pierre sanoi. "Mutta varoitan teitä: Kohtalonne on oleva surkea, jos jatkatte tarotien häpäisemistä alistamalla ne pelivälineiksi."

Myhäillen pelurit hyvästelivät Pierren.

Seuraavan viikon Pierre elätti itsensä kadulla kädestäennustajana. Pierre ei enää muistanut kaikkea käsien tulkinnasta, joten hän lisäili ennustuksiin omiaan. Tämä omien lisäily sai Pierren vihaamaan itseään. Hän oli aina pitänyt itseään kunniallisena esoteerikkona, joka tarkasti toisti muinaiset opit. Hän halveksi huijareita, jotka kynivät ihmisten rahat teeskentelemällä esoteerikkoa, mutta nälkä pakotti Pierren epätoivoisiin tekoihin. Tässä toimessa Pierre tapasi sattumalta Etteillan. Pierre kertoi Etteillalle, mitä oli tapahtunut. Tällöin Etteilla lainasi Pierrelle seuraavan viikon ruokarahat ja valisti: "Antaa ihmisten pelata taroteilla. Säilyypähän muinaisen Egyptin viisaus, kun sitä painetaan yhä uudelleen pelitarkoituksiin. Pelinä se viisaus on säilynyt jo 2000 vuotta. Itse asiassa tarotien esoteerinen tulkinta oli jo päässyt unohtumaan ihmisiltä. Vuosi sitten näin unessa Thoth-jumalan, joka käski minua hankkimaan tarot-pelikortit ja selitti minulle, kuinka niiden symboliikkaa tulkitaan."

Viimeinen ihme

Kolme juutalaista oli ristiinnaulittu. Sotilaat olivat muodostaneet ristien ympärille ringin, joka esti katsomaan tullutta juutalaista rahvasta häiritsemästä kuolemantuomion täytäntöönpanoa. Ringin keskellä pari sotilasta vietti lepovuoroaan vartiotehtävästä. Eräs heistä, Sextus, sanoi: "Tertius, eiköhän oteta erä tabulaa aikamme kuluksi."

"Mutta mitä käytämme panoksina?" Tertius kysyi. "Olen tyhjätasku."

"Niin minäkin", Sextus vastasi. "Eiköhän tehdä vakiot."

Sextus ja Tertius kävivät hakemassa kuolemaantuomittujen vaatteet näiden ristien juurelta.

"Nämä ovat ruoskimisen jäljeltä ihan verisiä", Tertius sanoi.

"Kyllä niistä muutaman dinarin torilla saa", Sextus vastasi. "Käyvät ne panoksesta."

Tertius asetti maahan tabulalaudan. Siinä oli kaksi kahdentoista suorakaiteen riviä. Kaksi viidentoista nappulan sarjaa asetettiin maahan laudan viereen.

Sextus heitti kolmea noppaa. Kaksi kolmosta ja viitonen. Sextus asetti kaksi nappulaansa kolmanteen suorakaiteeseen ja yhden viidenteen.

"Nuo reunimmaiset ristiinnaulittiin siksi, että he ovat rosvoja. Mut miksi ne menivät ristiinnaulitsemaan tuon keskimmäisen?" Sextus kysyi. "Hän on harmiton kaheli."

Tertius heitti kolmea noppaa. Kuutonen, kolmonen ja viitonen. Tertius asetti nappulansa kuutos- ja viitossuorakaiteisiin. Sextuksen nappula tuli syödyksi. Kolmosheittoa ei voinut käyttää uusien nappuloiden peliintuomiseen, koska kolmossuorakaiteessa oli kaksi Sextuksen nappulaa. Niinpä Tertius siirsi nappulaansa viitossuorakaiteesta kolme askelta eteenpäin.

"Hän riehui juutalaisten temppelissä", Tertius vastasi. "Juutalaisten miellyttämiseksi hänet piti ristiinnaulita temppelin häpäisijänä."

Sextus heitti noppia ja sai nappuloita peliin.

"Eikö karkoitus Jerusalemista olisi riittänyt?" Sextus sanoi. "Jos ristiinaulitsisimme keisarikunnan jokaisen höyrypään, ei keisarille jäisi alamaisia."

Tabulassa nappulat tulevat ensin laudalle, sitten kiertävät laudan nopan silmälukujen mukaan, ja lopulta poistuvat laudalta sopivilla nopanheitoilla. Peli eteni keskustelun lomassa.

"Et ymmärrä juutalaisia", Tertius sanoi. "He uskovat, että heidän jumalansa on ainoa olemassaoleva. Heidän identiteettinsä on rakentunut sen varaan, että he ainoina tuntevat totuuden jumalasta."

"Kummaa porukkaa", Sextus sanoi. "Roomalainen tapa on parempi. Kukin saa palvoa niitä jumalia joita haluaa."

"Ja sitten tuo Jeshua alkoi riehumaan ja väitti, että juutalaiset uskovat väärin", Tertius sanoi.

"Miten kukaan voisi uskoa väärin?" Sextus ihmetteli. "Poikani juopuu Bacchuksen palvontamenoissa, ja se tekee hänet autuaaksi. Kumma kansa, kumma Jeesus."

"Jeshua on muoto, jota juutalaiset itse käyttävät", Tertius sanoi. "Mutta tilanne oli nimenomaan tämä: Juutalaisten itsetunto oli rakentunut sen varaan, että yksin he tuntevat totuuden. Sitten tuli Jeshua ja sanoi, että juutalaiset ovat väärässä, Jeshua itse ainoana tuntee totuuden."

"Ja sit ne suuttui niin että vaativat ristiinnaulitsemista", Sextus sanoi. "Kahelit kuuluu karkoittaa autiomaahan, ei ristiinnaulita."

Tabulassa pelin voitti se, joka ensimmäisenä sai kaikki viisitoista

23

nappulaansa kierrätettyä laudan ympäri ja poistettua laudalta. Peli jatkui, ja Sextus oli pääsemässä johtoasemaan.

"Hänen vaatteensa eivät ole oppineen vaatteet", Sextus sanoi. "Olen ymmärtänyt, että juutalaisilla on uskonnollisia oppineita."

"Kyllä", Tertius sanoi. "He ovat keränneet uskonnollisia kirjoituksiaan tuhannen vuoden ajalta, ja heidän uskontonsa on hyvin pitkälle mietitty."

"Ja sit tulee oppimaton moukka joistain perähikiältä ja julistaa, että heidän uskontonsa on virheellinen", Sextus sanoi. "Ja sitä ei sivuutettu harmittomana höyrypäänä."

"He ovat valloitettu kansa", Tertius sanoi. "Illuusio oikeassaolemisesta on ainoa mitä heillä on."

Peli oli kehittynyt niin, että Sextus oli johtoasemassa. Kaikissa suorakaiteissa, joissa oli nappuloita, oli vähintään kaksi nappulaa niin, ettei yhtään niistä pystynyt syömään.

Sextus huusi Jeshualle ristille: "Hei vajakki! Jos sä kerran olet ainoana oikeassa, niin käskepä sitä ainoaa jumalaa pelastamaan itsesi."

Sextus heitti noppia ja tajusi, että hän joutuisi purkamaan erään kahden nappulan suorakaiteen niin, että kaksi hänen nappulaansa jäisi syömiselle alttiiksi.

Tertius heitti vuorollaan noppia ja sai syötyä nuo kaksi nappulaa. Ne joutuisivat aloittamaan matkansa uudestaan alusta.

Pelionni oli vaihtunut, ja nopean tahtiin Tertius sai voiton. Samaan aikaan kun Tertius poisti viimeisen nappulansa laudalta, pimeys laskeutui Jerusalemin ylle, keskellä päivää, ja sitä kesti kolme tuntia.

Tertius sai muutaman dinarin Jeshuan vaatteista, mutta hän jäi miettimään: "Tuo Jeshua sai pilkkaajansa häviämään pelin. Ehkä joka kansalla ei olekaan omia jumaliaan, vaan jumalia on vain yksi, ja Jeshua ainoana oli oikeassa. Yksi asia ainakin on varma: Tabula on niin erinomainen peli, että sitä tullaan pelaamaan seuraavat kaksituhtta vuotta."

Pelin synty

Kiinan edustalla joskus 1800-luvun alkupuolella. Britit halusivat ostaa Kiinasta silkkiä, posliinia ja teetä. Kiina puolestaan ei halunnut ostaa mitään Britannialta, ja hyväksyi maksuksi omista tuotteistaan pelkästään hopeaa. Ilmiö olisi köyhdyttänyt brittien hopeavarastot, elleivät he olisi keksineet ratkaisua. He viljelivät Intiassa oopiumia ja salakuljettivat sen Kiinaan. Oopiumin myynnillä, vaikka Kiina oli julistanut sen laittomaksi, kauppatase saatiin pysymään tasapainossa.

Tämä tarina ei kuitenkaan kerro oopiumikaupasta, vaan eräästä varjoon jääneestä kulttuurivaihdosta kiinalaisen ja eurooppalaisen kulttuuripiirin välillä.

Taas yksi oopiumilastissa oleva brittien alus oli pysähtynyt suurten Kiinan edustalla olevien parkkialusten viereen, missä oopiumin salakuljettajat tapasivat, ja lasti siirtyi brittiläisistä käsistä kiinalaisiin. Eräällä parkkialuksella oli myös bordelli, ja brittilaivan merimiehet ryntäsivät sinne huvittelemaan.

Myös Jack Stykes, vanha merikarhu suuntasi bordelliin ystäviensä kanssa. Jack yleensä karsasti merimiesten bordelleja, koska kuppa levisi niistä, mutta tällä kertaa hän oli suostunut mukaan ystäviensä jatkuvan anelun seurauksena. Jack nimittäin oli oppinut kantoninkiinaa merimatkoillaan, ja kiinalaisen pillun kaupasta neuvoteltaessa taidot tulisivat tarpeeseen.

Bordellin etuhuoneessa Jack näki kolme kiinalaista miestä pelaamassa korttia. Kortit eivät olleet samanlaisia kuin brittien pelikortit. Ne olivat pidempiä ja kapeampia, ja niissä oli joitain kiinalaisia merkintöjä tuttujen patojen ja herttojen sijaan.

"Mitä te pelaatte?" Jack kysyi kantoniksi.

Miehet kertoivat pelin nimen, Khanhoo, eikä Jack ollut koskaan kuullutkaan kyseisestä pelistä. Jackin uteliaisuus heräsi. Hän oli kovasti kiinnostunut korttipeleistä, ja uuden pelin oppiminen oli aina viehättävää.

"Opetatteko minut pelaamaan?" Jack kysyi. "Voin maksaakin hiukan." Jos naisesta ei maksaisi, saman summan voisi käyttää tähän.

"Kyllä se sopii." Aloittelijat toivotettiin yleensä tervetulleiksi korttirinkeihin, koska korttia pelattiin rahasta, ja aloittelijat yleensä hävisivät.

"Odottakaa hetki", Jack sanoi ilahtuneena. "Neuvottelen vain naiset ystävilleni."

Laiva oli lähtenyt Kiinasta lastinaan silkkiä, teetä ja posliinia. Jack ystävineen lojui kannen alla öljylampun valossa vapaavuoroa viettämässä.

"Eiköhän pelata korttia", eräs ystävistä sanoi.

"Hyvä idea", Jack vastasi. "Opin Kiinassa uuden pelin ja olen keksinyt, kuinka sen saa sovitettua meille tutuille korteille."

"Pelataan kuitenkin Napoleonia", ystävät sanoivat. "Ei mitään vinosilmien virityksiä."

Pelien pelaajat ovat yleensä konservatiivisia ja haluavat pelata vain itselleen tuttuja pelejä. Eivätkä kiinalaiset olleet brittien keskuudessa kovin korkeassa huudossa.

"Se on periaatteeltaan aivan uudenlainen", Jack sanoi. "Toimii ihan eri periaatteella kuin muut pelit."

"Ei vinosilmäpelejä täällä. Tämä on brittien laiva."

"Kokeilkaa nyt yksi peli, please", Jack sanoi. "Jos joku voittaa minut, teen koiravahdin hänen puolestaan."

Koiravahti oli öinen vahtivuoro 24-4, jota pidettiin aivan vihonviimeisenä tehtävänä.

Mahdollisuus nukkua paremmin puri miehiin, ja he suostuivat. Jack alkoi selittää pelin sääntöjä. "Jokaiselle pelaajalle jaetaan kahdeksan korttia. Vuorollaan pelaaja ensin joko nostaa uuden kortin nostopakasta tai ottaa edellisen pelaajan poisheittämän kortin. Sen jälkeen pelaaja katsoo, ovatko kaikki hänen yhdeksän korttiaan kolmen värisuorissa. Jos ovat, pelaaja voittaa. Muutoin pelaaja heittää yhden kortin pois, ja on seuraavan pelaajan vuoro." Jack oli yksinkertaistanut kiinalaisen pelin sääntöjä. Siinä pystyttiin kerämään kolmen värisuorien lisäksi kolmen saman kortin sarjoja. Kiinalaisessa korttipakassa jokaista korttia oli neljä identtistä kopiota. Lisäksi kiinalaisessa pelissä oli joitain erikoisyhdistelmiä, joita Jack ei enää muistanut.

Peliä alettiin pelaamaan, ja siinä sivussa naukkailtiin rommia. Peli sujuikin ihan hyvin, kunnes tapahtui jotain, mitä Jack ei ollut osannut ottaa huomioon. Nostopakasta loppuivat kortit, eikä peliä voinut enää jatkaa; uusien korttien nostaminen nostopakasta oli olennainen osa peliä.

"Mitäs nyt tehdään", Jalkapuoli-John, eräs ystävistä kysyi.

"Kai... peli on ratkaisematon", Jack sanoi.

"Olipa paska peli", ystävät sanoivat. "Napoleon on paljon parempi, siinä edes joku voittaa."

John sanoi: "Minä tulkitsen tilanteen niin, että Jack pelin suunnittelijana hävisi, ja me muut voitimme. Jack tekee koiravahdit meidän jokaisen puolesta."

Idea sai kannatusta. Koiravahdista luistaminen oli tosiaan suosittua. Jack mietti kuumeisesti. Neljä ylimääräistä koiravahtia olisi todellinen rasitus. Muiden vaatimuksista voisi myös kieltäytyä, mutta sen jälkeen Jack olisi jatkuvan kiusanteon kohteena. Kun ystävät joukolla vaativat jotain, siihen kannatti suostua.

"Antakaa huomiseen aikaa korjata designiäni", Jack sanoi. "Pelataan huomenna korjatuilla säännöillä samoin panoksin."

Jackin ystävät olivat kaikesta huolimatta hänen ystäviään, ja he antoivat Jackille uuden mahdollisuuden. "Mutta jos huominenkaan peli ei toimi, teet koiravahdin kaikkien puolesta", Jalkapuoli-John sanoi.

Illalla Jack otti korttipakan esiin ja alkoi kokeilla uusia sääntöjä. Kokeileminen pelaamalla kaikkia käsiä itse oli jotain, mitä Jackin olisi pitänyt tehdä alunperinkin, mutta Jack oli merikarhu, ei pelisuunnittelija. Hän ei ollut osannut ottaa huomioon sitä, että mitkä tahansa säännöt eivät toimi.

Oikeastaan Jack olisi halunnut nukkua, mutta jos vaihtoehtona oli neljä ylimääräistä koiravahtivuoroa, muutama tunti iltayöstä kannatti uhrata pelin suunnitteluun.

"Kiinalaisessa pakassa on 120 korttia", Jack mietti. "Siksi ne eivät lopu kesken yhtä helposti kuin meidän 52 kortin pakastamme."

Jack oli kuitenkin sidottu 52 kortin pakkaan. Kiinalaista 120 kortin pakkaa ei ollut saatavilla siihen hätään, eivätkä hänen ystävänsä olisi edes pystyneet lukemaan kiinalaisia merkintöjä.

"Entäs jos jakaisi jokaiselle vain 5 korttia?" ajatukset jatkuivat. Tämä johti tylsään peliin. Seuraava idea oli kerätä vain kahden kortin värisuoria, mutta se johti liian helppoon peliin.

"Kiinalaisessa pelissä kerättiin myös kolmen identtisen kortin sarjoja", Jack mietti. "Meidän pakassamme ei ole kolmea identtistä korttia, mutta entäs jos hyväksyisi kolmen samanarvoisen kortin sarjan, vaikka ne ovat eri maita?"

Siinä tuli ensimmäinen oivallus. "Entäs jos yhdistelmä saisi olla enemmän kuin kolme korttia, pelaajat laittaisivat keräämänsä yhdistelmät pöytään, ja muiden yhdistelmiä saisi jatkaa?"

Siinä tuli toinen tärkeä oivallus. Vielä jaettujen korttien määrän tiputtaminen kuuteen sekä sääntö, että poispanot sekoitettiin uudeksi nostopakaksi, jos nostopakka loppui.

Jack kokeili peliä pelaten kaikkia viittä kättä, ja se toimi!

Sitten Jack tajusi: "Mutta mitä pelaajat hyötyvät asettamalla yhdistelmiä pöytään? Ei mitään."

Peli ei siis toiminut. Jack meni pettyneenä nukkumaan.

Seuraavana aamuna idea iski Jackiin kuin salama kirkkaalta taivaalta: "Jos pelaajat joutuvat pelin lopussa maksamaan sakkoa kädessään olevista korteista, heidän kannattaa pelata kortteja pöytään!"

Ystävysten yhteisellä tauolla peliä kokeiltiinkin, ja se toimi. Lopuksi Jalkapuoli-John jäi eniten voitolle. Jack tekisi hänen puolestaan koiravahdin.

"Olipa loistava peli", Jalkapuoli-John sanoi. "Mikä se nimi on?" Jack tajusi, ettei hän ollut muistanut nimetä peliä. Hän katsoi ympärilleen ideoiden toivossa, ja hänen katseensa osui puolityhjään rommipulloon. "Sen nimi on rommi", Jack sanoi.

Korttipelimysteeri

Yksityisetsivä Achille Pursot oli tutkimassa sir Grahamin ja kahden hänen ystävänsä murhaa. Graham ja hänen kaksi ystäväänsä tai tarkemmin pelitoveriaan oli ammuttu kesken vistipelin. Murhapaikalla oli ollut pelikortteja sikin sokin lattialla; pudonneet kuolevien pelaajien käsistä. Pöydällä oli neljän kortin pinoja kuvapuoli alaspäin - tikkejä, joihin neljästä pelaajasta kukin oli lyönyt kortin - sekä seitsemän korttia järjesteltynä maittain kuvapuoli ylöspäin. Huoneesta oli uloskäynti pihalle, joten murhaaja oli päässyt saapumaan ja lähtemään palvelusväen huomaamatta.

Vistissä kaksi kaksimiehistä joukkuetta pelaa toisiaan vastaan, ja pelin neljäs pelaaja, sir Eustace väitti poistuneensa talosta edellämainitun pihaoven kautta ennen kuin murhat olivat tapahtuneet. Poliisi piti Eustacea murhaajana ja hänen väitettään poistumisesta epäuskottavana, koska kolme pelaajaa ei voi pelata vistiä. Neljän hengen vistiporukka lopettaisi pelin yhden pelaajan lähtiessa, ja lisäksi tiedettiin, että sir Graham ei juurikaan ollut perustanut muista peleistä kuin vististä.

Pursot oli tehnyt taustatutkimusta Eustacesta, ja hänelle oli selvinnyt, että kerran humalassa Eustace oli tunnustanut eräälle satamajätkälle murhanneensa viisi ihmistä kymmenen vuotta aiemmin jäämättä murhista kiinni. Pursot oli vakuuttunut satamajätkän rehellisyydestä, mutta Eustacea ei näistä murhista saataisi tilille. Eustace kieltäisi puheensa oikeudessa, ja vastakkain olisivat vain Eustacen sana ja satamajätkän sana.

Pursot oli viettänyt runsaasti aikaa korttipöydissä ja hän tiesi, että vistissä kortteja ei järjestetä pöydälle maittain. Sitä vastoin kyseiset kortit sopivat vähän tunnettuun vistin kolmen pelaajan muunnelmaan, dummy-vistiin. Dummy-vistissä kaksi pelaajaa muodostaa joukkueen, ja kolmas pelaaja pelaa joukkueena dummy-käden kanssa. Dummy-käsi on järjestelty maittain pöydälle, ja tuon käden joukkuetoveri tekee päätökset sen puolesta. Näin oli täysin mahdollista, että kolme pelaajaa olisi jatkanut vistipeliä Eustacen poistuttua.

Pursot mietti, kertoisiko hän poliisille dummy-vististä. Jos hän kertoisi, todistusaineisto ei riittäisi sir Eustacea vastaan. Jos hän ei kertoisi, Eustace tuomittaisiin varmasti kuolemaan Grahamin ja pelitoverien murhista. Pursotin mielestä ei ollut lainkaan varmaa, oliko Eustace näiden murhien takana, mutta Eustacehan oli murhannut aiemmin. Olisiko oikein hirttää murhaaja murhaajana, jos hänet hirtettäisiin eri murhista kuin mitä hän oli tehnyt?

Osa II

Romanttisia ja eroottisia tarinoita

Juho

Marketta katsoi salia, ja hänen katseensa osui hahmoon, jota hän oli hakenutkin. Juho. Ehkä 180 senttimetriä pitkä, atleettinen ruumiinrakenne, hiukset poninhännällä, päällä farkut ja etnopaita, kuten opiskelijoilla usein oli. Vielä pari vastustajienvaihtoa, ja Juho tulisi Marketan pöytään. Marketta katsoi, kuinka Juho levitti pelikortit kädestään pöytään ja selitti jotain pelitovereilleen. Juhon kotipeli oli ilmeisesti niin itsestäänselvää, ettei sitä edes tarvinnut pelata. Riitti, että selitti, kuinka se pelataan.

Marketta oli bridgekerholla. Bridgeä pelataan kahden hengen joukkueissa. Joukkue pelaa yhdessä koko peli-illan, mutta vastustajat vaihtuvat muutaman jaon välein.

Marketta ajatteli, että parhaassa tapauksessa Juho oli seurustelumielessä vapaa, ainakin hänen joukkuetoverinsa oli miespuolinen, joten pariskuntajoukkueesta ei ollut kyse.

Marketan ajatukset katkaisi Markun ääni: "Mitä sä viisi ristiä menit tarjoamaan?"

Markku oli Marketan aviomies ja joukkuetoveri. Eräs kerhon parhaista pelaajista, ja Marketta usein ihmetteli, kuinka Markku suostui pelaamaan Marketan kaltaisen tumpelon kanssa.

"No kun sä olet mua parempi pelaaja", Marketta sanoi. "Jos olisin jättänyt kolme sangia sitoumukseksi, mun olisi pitänyt pelata se. Viisi ristiä tuli sun pelattavaksesi."

Bridgessä toinen joukkue määräytyy tarjousten perusteella pelinviejäosapuoleksi, ja toinen pelinviejäjoukkueen jäsenistä, pelinviejä,

33

pelaa yksin sekä omilla että joukkuetoverinsa korteilla. Markettaa pelotti pelata pelinviejänä. Hän tekisi kuitenkin jonkun virheen, ja sitten Markku motkottaisi siitä. "Saatiin kotipeli ristissä", Markku sanoi. "Ei siinä kuitenkaan ollut mitään järkeä, kun sangissa oltaisiin saatu kotipeli ylitikillä." "Anteeksi", Marketta sanoi ja tunnusteli taskuaan. Hänen aamupäivällä kirjoittamansa lappu oli siellä.

Markku vaati, että pelin piti aina mennä optimaalisesti, parhaaseen mahdolliseen lopputulokseen. Marketalle olisi riittänyt, että olisi ollut kiva pelailla. Usein niin ei kuitenkaan käynyt, koska Marketta stressasi Markun vaatimuksista.

Juho ja hänen joukkuetoverinsa istuivat Marketan ja Markun pöytään. Marketta tunsi perhosia vatsassaan. Hänen suuri hetkensä olisi ihan kohta.

Pakollisten tervehdysten jälkeen peli alkoi, ja Markku avasi "Kaksi ruutua."

Marketta inhosi tätä tarjousta. Bridgessä joukkue sai sopia merkitykset tarjouksilleen suhteellisen vapaasti, ja Marketan ja Markun systeemissä avaus kaksi ruutua lupasi pitkän patamaan, pitkän herttamaan tai paljon arvopisteitä. Marketan mielestä tarjous ja se, millaiseen tarjoussarjaan se johti olivat liian vaikeita. Mieluummin Marketta olisi pelannut luonnollista systeemiä, jossa ruudun tarjoaminen lupaa ruutukortteja, mutta Markun mielestä tällaiset keinotekoiset tarjoukset johtivat tehokkaampaan systeemiin.

Marketta vastasi: "Kaksi pataa."

Kuten arvata saattaa, Markun ja Marketan systeemissä tarjouksella ei ollut mitään tekemistä patamaan kanssa.

Juho tarjosi "Kolme pataa", ja hänen joukkuetoverinsa korotti: "Neljä pataa."

Juho siis oli pelinviejänä neljän padan sitoumuksessa. Peli ei tällä kertaa mennyt kotiin, vaan jäi yhden tikin vajaaksi. Markku ja Marketta saivat pisteitä.

"Vähän riskillä mentiin", Juho sanoi. "Ja tällä kertaa tuli takkiin."

Marketta ajatteli, että Juhon joukkue ei ollut mennyt pienellä riskillä, vaan Juhon joukkuetoverin neljän padan tarjous oli ollut törkeä ylitarjous. Juho ei kuitenkaan arvostellut joukkuetoveriaan. Tämä oli se syy, miksi Marketta oli iskenyt silmänsä Juhoon. Vaikka tämän joukkuetoveri oli samanlainen tumpelo kuin Markettakin, Juho ei koskaan moittinut joukkuetoveriaan. Tämä siitä huolimatta, että Juho oli todella hyvä pelaaja.

Seuraavassa jaossa sitoumukseksi tuli Marketan tarjoama neljä herttaa, ja Markku olisi pelinviejänä. Nyt Marketta oli ottanut pienen riskin. Se oli epätyypillistä Marketalta. Normaalisti Marketta tarjosi hyvin varovaisesti, Markku motkottikin hänelle yleensä liiasta varovaisuudesta, mutta nyt Marketan oli välttämätöntä antaa Markulle muuta pohdittavaa niin, että Marketta voisi toteuttaa suunnitelmansa.

Nähtyään Marketan kortit Markku kurtisti kulmiaan ja alkoi pähkäillä, kuinka saataisiin kotipeli. Tällöin Marketta sujautti lapun Juholle. Juho näytti kummastuneelta, mutta otti lapun vastaan ja työnsi sen taskuunsa. Marketta tunsi itsnsä teinitytöksi, vaikka hän melkein nelikymppinen oikeasti olikin. Lappujen salainen sujauttelu oli niin yläastetta. Muuta mahdollisuutta ei kuitenkaan ollut. Hän näki Juhoa pelkästään bridgekerholla, ja bridgekerholla Marketta oli aina Markun seurassa. Juho oli varmaan viisitoista vuotta Markettaa nuorempi, joten yläaste oli hänellä tuoreemmassa muistissa kuin Marketalla.

Lapussa luki: "Hei Juho. Vaikutat mukavalta kaverilta, ja tahtoisin pelata joukkuetoverinasi. Tule keskiviikkokerhoon ensi viikolla. Olen siellä. Kunnioittavalla ystävyydellä, Marketta."

Keskiviikkokerho kokoontui keskellä päivää, ja se oli tarkoitettu ensisijaisesti eläkeläisille. Marketta oli kotirouva, joten tapaaminen keskellä päivää olisi paras aika tavata ilman, että Markku saisi tietää asiasta. Juhon Marketta tiesi yliopisto-opiskelijaksi, joten hän voisi järjestellä aikataulujaan.

Jotta lukija ei jäisi jännitykseen, kerrottakoon, että Markku sai neljän hertan sitoumuksen pelattua kotipeliksi, vaikka se vaatikin kiristyksen, loppupelitekniikan, jonka vain huippupelaajat hallitsevat.

Kotimatka Bridgeareenalta Lauttasaaresta Vantaan perukoille kesti yli puoli tuntia, ja kotimatkalla oli oppitunnin aika. Se tarkoitti sitä, että Markku luetteli Marketalle kaikki virheet, joita tämä oli tehnyt peli-illan aikana. Virheitä oli ollut melkoinen määrä, vaikka Markku ja Marketta olivatkin sijoittuneet peli-illan lopputuloksissa parhaaseen kolmannekseen, juuri Juhon ja tämän joukkuetoverin alapuolelle. Markku ei muuten ollut mikään tarkkaavaisuuden perikuva, mutta Marketta ei voinut lakata hämmästelemästä, kuinka Markku aina muisti kaikki illan aikana pelatut jaot ja Marketan tekemät virheet.

Seuraavana keskiviikkona Marketta oli Bridgearenalla pukeutuneena hiukan kiiltävään paitapuseroon ja hameeseen. Polkkatukka oli kiinni hiuspantana toimivalla jenkkihuivilla. Marketta tiesi olevansa vielä lähes nelikymppisenäkin tyrmäävän näköinen. Hän oli kasvissyöjä ja kuntoili. Jenkkihuivi toi nuorekkuutta.

Aina kun ihmisiä tuli sisään, Marketta jännäsi, tuleeko Juho. Ovesta kuitenkin astui vain mummoja ja pappoja. Pelipäivän järjestäjä kävi kysymässä Marketalta, pitääkö tälle järjestää joukkuetoveri, mutta Marketta sanoi odottavansa seuraa.

Lopulta Juho saapui. Marketta olisi halunnut halata tervehdykseksi, mutta tyytyi kättelemään ja sanomaan: "Ai sä tuli sittenkin." Ääni oli niin ystävällinen kuin Marketta osasi.

"Joo, pitää käyttää kaikki mahdollisuudet pelata", Juho sanoi. "Mä olen ihan addiktoitunut tähän peliin. Jos et olisi kutsunut mua, olisin varmaan joka tapauksessa lintsannut luennoilta ja lukenut bridgestä. Sain eilen kirjan, jossa kuvaillaan eksoottinen tarjoussyteemi. Siinä ei tarjota maita vaan pelkkää käden muotoa."

"Mä pelaisin kuitenkin mieluiten luonnollista systeemiä", Marketta sanoi.

"Sopii", Juho sanoi. "Onko vaikka paneelistandardi tuttu?"

Paneelistandardi on luonnollinen tarjousjärjestelmä, jota käytetään suomalaisessa bridgelehdessä julkaistuissa tarjouspulmissa.

"Joo", Marketta sanoi ilahtuneena.

Pelipäivän ensimmäisessä jaossa Juho teki pitkän tarjoussarjan päätteeksi tarjouksen kuusi pataa ja voitti kaikki tikit.

"Hyvä, ettet vastannut mun avaukseen limitillä", Juho sanoi Marketalle. "Sulla oliskin ollut pikkuisen liian vahva käsi siihen. Uuden värin tarjoaminen oli sulta oikea veto." Marketta ilahtui. Tältä joukkuetoverilta sai positiivista palautetta.

Sinä päivänä Marketta pelasi elämänsä parasta bridgeä. Hänen ei tarvinnut jännittää virheiden tekemistä, joten rentoutuneena virheitä tulikin huomattavan vähän. Hän ei arastellut ottaa pelinviejän roolia itselleen, ja eräässä jaossa hän teki elämänsä ensimmäisen kiristyksen, vaikean loppupelitekniikan. Markku oli opettanut kiristystä hänelle, ja hän oli luullut, ettei hän ollut ymmärtänyt Markun selitystä, mutta nyt palikat loksahtivat paikalleen.

Marketan joukkuetoveri oli komea, ystävällinen ja älykäs. Oli kuin hän olisi lukenut Marketan mieltä. Juho ymmärsi aina, mitä Marketta ajoi tarjouksillaan takaa. Pelikerran jälkimmäisen puoliskon Marketta tunsikin olonsa seksuaalisesti kiihottuneeksi. Juho oli varmaan sängyssä yhtä hyvä kuin korttipöydässäkin.

Marketta ja Juho voittivat pelipäivän. Eläkeläisten kerho ei tosin ollut yhtä kovatasoinen kuin torstai-illan kerho, jossa Marketta tavallisesti kävi, mutta kyllä voitto oli täälläkin Marketalle saavutus.

Kun tulokset olivat tulleet, Marketta sanoi Juholle: "Mitä jos mentäis meille? Mun mies tulee kotiin vasta viiden tunnin päästä. Voitais katsoa meidän tarjoussysteemin yksityiskohtia."

"Kiitos kutsusta, mutta ei ehdi", Juho sanoi. "Mä tapaan mun tyttöystävän ihan just."

Marketta häpesi ja mietti, mitä Juho hänestä nyt ajattelee. Pitää varmaan niin helppona, että jalat leviää heti kun on vähän pelannut yhdessä korttia.

Kun ihmiset poistuivat Bridgeareenalta, Marketta näki, kuinka ulkona Juhoa odotti todella kaunis nuori nainen. Nainen ja Juho suutelivat intohimoisesti.

"No tota kaunotarta vastaan mulla ei ole mitään mahiksia", Marketta ajatteli. Marketta mietti, mitä hän tekisi Juhon kanssa. Peliseuraksi Juho varmaan suostuisi vastaisuudessakin, mutta Juholle kyse olisi pelkästä kortinpeluusta. Marketta oli nauttinut suuresti kortinpeluusta Juhon kanssa, mutta kävisikö joukkuetoveruus aikaa myöten liian raskaaksi, kun Marketta halusi enemmänkin?

Anna

"Ala harrastamaan jotain. Voihan tyttöystävän saada harrastuksen kautta", Petteri luki nettikeskustelupalstalta. Oli yhdeksänkymmentäluvun loppu, ja netti oli vielä nörttien temmellyskenttä. Ihmissuhdekeskustelupalstalle tuli säännöllisesti yksinäisten nuortenmiesten tiedusteluja, kuinka saada tyttöystävä, ja vastauksina niihin joitain puolivillaisia neuvoja.

Petteri oli yksinäinen nuorimies, mutta hän ei ollut alentunut kysymään palstalta tyttöystävän saamisesta. Mitä nyt luki muille annettuja vastauksia. Petteri ajatteli, että hänelläkin oli harrastus, go-peli, mutta go-kerhon jäsenistö oli niin miesvoittoista, että sieltä ei tyttöystävää saisi.

Tai olihan siellä Anna, kerhon ainoa nainen. Anna tosin opiskeli yliopistolla kemiaa, ja Petteri ajatteli, ettei Anna Petterin kaltaisesta sosiaalipummista perustaisi. Sitä paitsi, Petteri ajatteli, Anna oli varmaan varattu. Petteri oli kuullut jutun, että Anna oli alun perin tullut go-kerholle miesystävänsä kanssa, mutta mies oli lopettanut go-harrastuksen, koska ei ollut sietänyt sitä, että Anna oppi pelin nopeammin kuin hän.

Petteri avasi Turbo Pascal-editorin, ja ruutuun tuli Petterin kirjoittamaa ohjelmakoodia. Petteri oli jättänyt lukion kesken ja alkanut kehittelemään täysipäiväisesti, sossun rahoilla, tekoälyä joka ratkaisisi kaikki maailman ongelmat. Parin vuoden päästä hän oli huomannut projektin toivottomaksi ja pienentänyt mittakaavaa. Nyt hän kehitti go-peliä pelaavaa tekoälyä. Sossu toimi edellen projektin rahoittajana.

Go on kiinalainen kahden hengen lautapeli. Siinä missä shakki on taktista siirtojen laskemista, go:ssa hiukan epämääräisemmällä strategisella ajattelulla oli enemmän käyttöä. Tuohon aikaan tekoälyt pelasivat jo shakkia parhaiden ihmispelaajien tasolla, mutta go:ssa kehittynyt amatööripelaajakin pystyi lyömään parhaat tekoälyt. Kaukoidän ammattipelaajia vastaan tekoälyillä ei ollut mitään mahdollisuuksia.

Petteri oli vakuuttunut, että hän pystyisi parissa vuodessa kehittämään go-tekoälyn, joka pelaisi samalla tasolla ammattipelaajien kanssa. Todellisuudessa projektilla ei ollut onnistumisen mahdollisuuksia, ja go-kerholla, Petterin selän takana, hänen tekoälyprojektilleen naureskeltiinkin. Pelitaidoiltaan Petteri oli kerholla vahvaa ylempää keskitasoa, joten ei hänen statuksensa ollut siellä täysin nollassa ollut.

"Hei, pelattaisko?" Petteri kysyi Annalta.

Petteri oli go-kerholla, ja Anna oli sopivasti ollut vailla pelitoveria. Peliseuran kysyminen sujui Petteriltä ongelmitta, mutta hän ei tiennyt, kuinka tekisi aloitteen johonkin muuhun. Petteri oli kuullut, että naisia voi iskeä, mutta Petterillä ei ollut mitään käsitystä, kuinka se käytännössä tapahtui. Niinpä hän ei yleensä ottanut kontaktia naisiin. Poikuuskin hänellä oli tallella. Hänen kokematomuutensa hävetti häntä, joten poikuuden menetäminen yhden illan tuttavuuden kanssa oli poissa laskuista. Naiseen pitäisi ensin tutustua, että olisi turvallinen ihminen jonka kanssa sählätä. Mutta kuinka saada tutustuminen alkuun Annan kanssa?

Anna vastasi Petterin peliehdotukseen "Joo" ja asettui vapaan pelilaudan ääreen. Pelaajina Petteri ja Anna olivat suunnilleen tasavahvoja, joten tiedossa oli hyvä peli.

Petteri istuutui, ja peli saattoi alkaa. Petteri sai mustat pelinappulat ja teki san ren sei -avauksen, kolme mustaa nappulaa, jotka ovat kuin kolme tykkiä, jotka osoittavat kohti vastustajan asemia. Petteri koki alitajuisen tarpeen osoittaa maskuliinisuuttaan, ja niinpä hän pelasi hyvin aggressiivisesti. Go:ssa silmitön hyökkääminen heikentää omia asemia, ja oma asema pitäisi rakentaa vahvaksi ennen hyökkäystä. Petterin itsetunto ei tähän venynyt, ja niinpä hänen asemansa olivat lopulta niin heikkoja, että Anna sai helpon voiton.

"Sä hyökkäilit tässä kohti vähän harkitsemattomasti", Anna sanoi ja osoitti laudalla Petterin kuollutta ryhmää.

"Joo, se meni vähän siihen", Petteri sanoi. Hän ei keksinyt muuta sanottavaa, joten vaivaantuneen hiljaisuuden välttämiseksi hän poistui ulos tupakalle.

"Anna pelaa kuin mies", Markus sanoi Petterille tupakkapaikalla. Markus oli teekkari ja pelasi yleensä teekkareiden go-kerholla. Nyt hän oli tullut pelaamaan yleiselle go-kerholle.

"Joo", Petteri vastasi. Hänestä pelaajien sukupuolittaminen oli hiukan epäilyttävää, mutta mitä nyt teekkarilta voi odottaa.

"Tavallisesti naiset vain vastailee vastustajan siirtoihin", Markus sanoi. "Anna ei pelkää ottaa aloitetta käsiinsä."

Petteri mietti, että jos Anna olisi vain vastaillut hänen siirtoihinsa, Petteri olisi saanut helpon voiton.

Petteri pelasi vielä kaksi peliä ja voitti molemmat. Toinen oli aloittelijaa vastaan, toinen kerhon parasta pelaajaa vastaan. Go:ssa heikompi pelaaja saa tasoitusta, mutta voitto kerhon mestaripelaajasta oli Petterille saavutus tasoituksellakin. "Kaksi voittoa kolmesta", Petteri mietti tyytyväisenä peli-illan saldoa.

"Ensi perjantaina on teekkareiden go-kerhon saunailta Otaniemessä", Markus tiedotti peli-illan lopussa. "Haluaako joku täältä tulla sinne?"

Pari kättä nousi, mukana Annan käsi. Kun Petteri huomasi sen, hänkin viittasi.

Teekkareiden go-kerhon saunaillat ovat kosteita, joten Petterikin saapui tilaisuuteen mukanaan rommipullo. Sitä paitsi hän tarvitsi rohkaisua. Hän oli päättänyt tehdä aloitteen Annan suhteen.

Ennen saunaa pelattiin go:ta. Mankassa soi vanhoja taistolaislauluja, Agit propia ja Kom-teatteria. Teekkarit olivat tulevia porvareita, joten sävy, jossa taistolaislauluja kuunneltiin oli ironinen.

Petteri oli lievästi vaivaantunut. Hän eli sossun rahoilla, joten hän äänesti vasemmistoliittoa.

Petteri olisi halunnut pelata Annan kanssa, mutta hän ja Anna eivät etsineet samaan aikaan peliseuraa. Petterin pelit eivät menneet hyvin, koska Anna pyöri koko ajan mielessä. Pelien aikaan kaljapulloja tyhjeni reippaaseen tahtiin, ja Petterikin naukkaili rommipullostaan. Petteri seurasi sivusilmällä Annaa, ja tämä ei juonut kuin yhden siiderin.

Sitten siirryttiin saunaan. Anna oli ainoa nainen eikä hän halunnut saunoa yksin, joten kyseessä oli sekasauna, jos yhden naisen ja kahdenkymmenen miehen saunaa nyt sekasaunaksi voi kutsua. Petteri ajatteli, että ei Anna voi olla varattu, jos hän kahdenkymmenen miehen kanssa saunaan menee.

Petteri näki Annan alasti, mutta varoi visusti tuijottamasta tätä. Hän ei halunnut pilata mahdollisuuksiaan antamalla itsestään limaisen pervon kuvaa. Kaikki muut suhtautuivat naiseen saunassa luontevasti, eikä häiriökäyttäytymistä esiintynyt. Petteri oli jännittynyt.

Saunassa humalaiset teekkarit hoilasivat taistolaislauluja ja naureskelivat niille. Annakin osallistui yhteislauluun. Toisin kuin känniset teekkarit, Anna osasi laulaa, ja hänen äänensä kaikui puhtaana teekkareiden yli. Petteri ei yhteislauluun osallistunut. Hän ei halunnut pilkata ihanteita, jotka olivat ollet tärkeitä muille ihmisille.

Saunasta poistuttaessa Petteri ja Anna osuivat suihkuun yhtaikaa. Petteri hiukan mietti, olisiko sopiva aika aloitteelle. Hän kuitenkin hylkäsi idean, koska alasti tehdyssä aloitteessa olisi ollut liikaa pelkän seksialoitteen makua. Niinpä Petteri ja Anna pesivät kumpikin hiuksensa kommunikoimatta. Petteri kuitenkin tiedosti Annan läsnäolon koko ajan.

Loppuillan Petteri tiedosti, että olisi korkea aika tehdä aloite. Niinpä Petterin rommipullo tyhjeni hyvää tahtia Petterin hakiessa rohkaisua. Kun pullo oli tyhjä, hän näki Annan olevan saunan eteistilan keittiössä, ilmeisesi hakemassa uutta siideriä jääkaapista. Petteri rohkaisi mielensä ja lähestyi Annaa sanoen: "Kuule Anna, mä rakasshhtan sinua."

Samaan aikaan Petteri horjahti niin, että hän joutui ottamaan seinästä tukea.

"Ootsä ihan kunnossa?" Anna huolestui. "Pärjääthän sä?"
Petteri horjui lisää ja Anna huusi: "Hei, tää on niin kännissä,
että se pitää viedä lepäämään."

Kun Anna ja Markus taluttivat Petteriä sohvalle lepäämään,
Petteri ajatteli: "Se ei noteerannut mun rakkaudentunnustusta mi-
tenkään. Ainakin se alkoi pitämään musta huolta. Ehkä se tykkää
minusta."

Oona

"Tulisitko pelaamaan mah jongia ensi keskiviikkona", Mika kysyi Heikiltä puhelimessa.

"Oota mä kysyn vaimolta", Heikki vastasi. "... joo, mä ja vaimo voidaan tulla."

"Sit meitä on kolme", Mika sanoi. "Tässä on iänikuinen neljännen pelaajan ongelma."

"Oota... vaimo huutaa tuolta, että se tuntee jonkun, joka voisi tulla", Heikki sanoi.

Mika tervehti Heikkiä ja Katjaa, tämän vaimoa, kun nämä astuivat Mikan asuntoon. Heitä seurasi ehkä kaksiviitonen nainen, joka oli pukeutunut mustaan korsettiin, jonka alla oli violetti pitsimekko.

"Tässä on Oona", Katja esitteli, ja Oona tarjosi kättään Mikalle. Käsi oli samassa asennossa kuin historiallisissa elokuvissa, joissa miehen odotettiin suutelevan sitä, mutta Mika tyytyi kättelemään.

"Viehättävää alakulttuuripukeutumista", Mika ajatteli.

Porukka istui Mikan mah jong -pöydän ääreen, Oona vastapäätä Mikaa, ja Mika painoi pöydässä olevaa nappia. Siinä samassa pöydän uumenista nousi neljä mah jong -pelinappuloista, tiilistä, tehtyä muuria. Mikalla tosiaan oli automaattinen mah jong -pöytä, joka sekoitti tiilet itsestään ja rakensi niistä muurit. Hän oli tilannut sen Kiinasta. Kaukoidässä tuollaiset pöydät olivat yleisiä.

"Wau", Oona sanoi.

"Osaatko pelata?" Mika kysyi Oonalta.

44

"Joo, oon mä vähän pelannut", Oona vastasi.

"Me pelataan japanilaisilla säännöillä", Mika vastasi. "Ei riichiä, vaan perusjapanilaista. Me käytetään näitä pistetaulukoita." Mika antoi Oonalle kaksi netistä tulostettua aanelosta.

Mah jongia pelataan useilla eri säännöillä. Pelin kulku on kaikissa varianteissa sama, mutta pisteenlaskun yksityiskohdat eroavat paljonkin.

Oona katsoi papereita ja sanoi: "Joo, jotain tämmöistä mekin käytettiin."

Pelaajille jaettiin kolmentoista tiilen kädet, ja peli saattoi alkaa. Oikeaa mah jongia pelataan samoilla tiilillä kuin kaikille tietokoneversioista tuttua mah jong -pasianssia. Säännöt ovat kuitenkin aivan erilaiset. Oikea mah jong muistuttaa länsimaissa pelikorteilla pelattuja rommipelejä, ja siinä on tarkoitus kerätä tiiliyhdistelmiä, joita ovat kolme tai neljä identtistä tiiltä sekä kolme peräkäistä tiiltä samaa maata.

"Mä olen yrittänyt löytää seurustelukumppania Tinderistä, mut ei onnaa", Mika sanoi kun peli oli lähtenyt kunnolla käyntiin. "Kaikki naiset on kai kiinnostuneita siitä samasta kymmenestä prosentista miehiä."

"Mä oon kanssa Tinderissä, vaikka se onkin ihan paska", Oona sanoi. "Kaikki etsii sieltä vain panoseuraa. Ainakin mun tissit on saaneet kehuja. Pitäis kai poistaa sieltä muut paitsi kasvokuva."

Mika rekisteröi ilokseen Oonan vapaaksi.

Oona otti käsilaukustaan mustan pitsiviuhkan ja alkoi leyhytellä sillä itseään. Mika kummeksui tätä, koska oli syksy eikä mitenkään kuuma.

Pelattiin, ja lopulta Heikki paljasti voittokäden ja sanoi: "Chicken wu. Kaikki maksaa mulle neljäkymmentä yksikköä, paitsi Mika kahdeksankymmentä." Mika oli tässä jaossa itä, joten hän maksoi kaksinkertaisena.

Kaikki antoivat pokerin pelimerkkejä Heikille. Mah jongiin olisi ollut autenttiset japanilaiset pistetikutkin, mutta Mika piti pokerin pelimerkkejä selkeämpinä. Heidän peleissään ne eivät edustaneet rahaa. He vain julistivat illan lopuksi voittajaksi sen, jolla oli eniten

45

pelimerkkejä.

"Mulla on piilotettu lohikäärmepung ja piilotettu nelosbambukong", Oona sanoi. "Siitä pitäisi tulla ihan hyvin pisteitä."

"Japanilaisissa säännöissä vain voittaja saa pisteitä", Mika vastasi.

"Okei", Oona vastasi. "Me opittiin mah jong kiinalaiselta vaihtoopiskelijalta."

"Säännöt, joissa häviäjät maksavat toisilleen ovat harvinaiset nykyään Kiinassakin", Mika sanoi. Hän oli innoissaan kun pääsi esittelemään mah jong -tietämystään viehättävälle naiselle.

Kun seuraava jako oli lähtenyt käyntiin, Oona peitti viuhkalla suunsa ja nenänsä, ja alkoi heittää viuhkan takaa salaperäisiä silmäyksiä Mikaan.

"Kuinka viehättävää", Mika ajatteli. "Harmi, ettei pelata korttia. Korttiviuhkan takaa heitetyt silmäykset olisivat uskomattoman söpöjä."

"Kuinkas sinä innostuit mah jongista?" Mika kysyi Oonalta.

"No kun mä olen kiinnostunut japanilaisesta kulttuurista... hei oota Pung!" Oona noukki Heikin poisheittämän tiilen ja käytti sen pung-yhdistelmään. "Mä luen paljon mangaa ja katson animea. Sit mä törmäsin Akagiin, mah jongin pelaajasta kertovaan animeen."

"Joo, Akagi on tuttu mullekin", Mika vastasi. "Mä taas olen kiinnostunut peleistä yleensä, ihan riippumatta siitä, mistä puolelta maailmaa ne ovat."

Peli jatkui, samoin viuhkan takaa heitetyt silmäykset, ja lopulta Mika sai muodostettua voittokäden Katjan poisheittämän tiilen avulla.

"Kaksikymmentä...   kolmekymmentäkaksi...
neljäkymmentäkahdeksan..." Mika laski, "kertaa neljä on 192. Katja maksaa mulle 192 pistettä."

"Entäs me muut?" Oona kysyi.

"Japanilaisten sääntöjen mukaan ei mitään", Katja vastasi. "Kun voittokäsi muodostetaan poisheitetyn tiilen avulla, poisheittäjä maksaa tappiot muidenkin pelaajien puolesta."

"Kannattaa sitten tarkkailla muiden poisheittoja", Mika valisti. "Niiden avulla pystyy päättelemään, mitä muut kerää, ja osaa olla heittämästä pois muille sopivia tiiliä." "Joskus kannattaa pelata puhdasta puolustuspeliä", Heikki jatkoi. "Ettei yritäkään kerätä voittokättä, vaan pelkästään varoo heittämästä muille sopivia tiiliä."

Kun seuraava jako oli päässyt vauhtiin, Mika kysyi Oonalta: "Mikä toi sun pukeutumistyyli on? Onko se goth lolita?" "Ai sä tunnet japanilaista kulttuuria!" Oona ilahtui. "Joo, tää on jotain goth lolitaan päin. Tää on kuitenkin aika hillitty, ja japanilainen goth lolita on räväkämpi."

Peli jatkui samaan tapaan. Oona heitti Mikaan silmäyksiä viuhkan takaa. Mika alkoi vastata silmäyksiin, mutta tällöin Oona peitti kasvonsa viuhkalla ja käänsi päänsä alas. Kerran heidän katseensa kohtasivat, ja Oona hihitti viuhkan takana.

Viimeistä jakoa pelatessa Heikki oli johdossa, ja Mika oli tätä noin 500 pistettä jäljessä. Naisilla oli vähemmän pelimerkkejä kuin alussa, Oonalla hiukan enemmän kuin Katjalla.

Mika oli yhden tiilen päässä voittokädestä. Hänen kaikki tiilensä olivat ympyrämaata, joten voittaessaan hän saisi "vain yhtä maata"-voittokertoimen. Se kahdeksankertaistaisi voittokäden arvon ja riittäisi peli-illan ykkössijaan.

Muut olivat huomanneet Mikan keräävän ympyröitä eivätkä heittäneet niitä pois.

Sitten Oona heitti pois ympyräkasin, ja Mika sai sen avulla voittokäden.

"Tekikö se tuon tahallaan?" Mika ajatteli myrtyneenä. Oonan osakkeet laskivat välittömästi Mikan pörssissä. Mika voisi antaa taitamattomuuden anteeksi, mutta voiton tahallinen antaminen toiselle pelaajalle oli hänestä alhaista toimintaa. Mika inhosi pariskuntia, jotka pelasivat toistensa pussiin, eikä hän halunnut olla sellaisen pariskunnan toinen osapuoli. Kyllä pariskunnankin piti pelissä pelata toistensa vastustajina, ellei kyse ollut pelin säännöissä määritellystä joukkuepelistä.

Oonan heiton takia Mika voitti peli-illan ja Oona putosi kolmannelta sijalta neljännelle. "Mutta minkälainen voitto", Mika ajatteli katkerana. Mikalle pelit ja niiden sujuminen oikein olivat hyvin tärkeitä. Kun muut olivat poistumassa Mikan luota, Mika sanoi: "Tulkaa ihmeessä toistekin pelaamaan. Sinäkin, Oona." Hänen oli ollut tarkoitus pyytää Oonaa treffeille, mutta viimeisen poisheiton takia hän oli muuttanut suunnitelmiaan. Hän tahtoi nähdä Oonan pelaavan vielä parissa peli-illassa ennen treffipyyntöä. Ehkä kyseessä oli ollut vahinko, eikä se toistuisi.

Friendzonetettu

"Tuutsä käymään tänään?" Sami luki Heidiltä saamansa viestin. Heidin romanssi oli ilmeisesti ohi, joten hänellä oli taas aikaa Samille. Sami ajatteli, että nämä Heidin romanssit eivät olleet pitkäikäisiä. Tämänkään takia Sami ei ollut ollut syrjässä kuin kaksi viikkoa. Sami ja Heidi olivat ystäviä. He opiskelivat AMK-insinööreiksi samassa ryhmässä ja asuivat samassa Kuopaksen asuntolassa. Heidän ystävyytensä oli alkanut, kun Sami oli AMK:lla vilkaissut olan yli Heidin tablettia ja nähnyt Heidin selaavan Piraattipuolueen nettisivuja. Sami käytti Linuxia ja oli muutenkin vapaan softan kannattaja, joten heidän poliittiset näkemyksensä osuivat yksiin. He olisivat varmaan seurustelleetkin, ellei Sami olisi ollut lyhyt ja ylipainoinen, ja Heidi puolestaan pitkä, kuvankaunis blondi.

Heidin ulko-ovella Sami katsoi kelloa. Puoli viisi. Sami odotti, että sekuntiviisari oli kahdentoista kohdalla ja painoi ovikelloa. Hän toivoi, että täsmällisyys saisi Heidin sydämen sulamaan. Kun Heidi oli sanonut, että tavataan puoli viideltä, niin ovikello soi tasan puoli viisi. Sami oli salaa rakastunut Heidiin. Niin salaa, ettei hän kunnolla myöntänyt sitä itselleenkään. Hän tiedosti olleensa rakastunut, mutta selitti itselleen torjutuksi tultuaan pässeensä siitä yli ja olevansa tyytyväinen ystävyyteen.

Heidi avasi oven pukeutuneena huppariin ja pieruverkkareihin.
"Moi tuu vaan sisään."
Sami ajatteli, että Heidi oli tyrmäävän näköinen vaatteissa kuin

49

vaatteissa. Vaikka ilman meikkiä ja pieruverkkareissa. "Sun romanssi on sitten ilmeisesti ohi", Sami sanoi tultuaan sisään.

"Joo", Heidi sanoi. "Olihan sillä adoniksen kroppa, mutta minua rupesi vähitellen vituttamaan se, että sillä oli Marimekon verhot."

"Mitäs vikaa Marimekon verhoissa on?"

"Oli se muutenkin vähän sellainen hienohelma. Marimekon verhot on epämiehekkäitä."

Heidi kaatoi Samille ja itselleen kahvia ja veti hyllystä laatikon. "Katso, mitä minä ostin."

Sami katsoi laatikkoa ja heti välähti. "Othello! Minä pelasin tuota pienenä pikkuveljen kanssa."

"Joo, minä olen pelannut tätä verkossa", Heidi sanoi. Heidi pelasi harrastuksenaan klassisia lautapelejä verkossa. Sami puolestaan oli first person shootereiden ystävä.

"Mattel!" Sami sanoi. "Että poropietaripelin olet mennyt ostamaan." Yleensä Heidi oli tarkka, että hän pelasi vain pelejä, joiden peli-ideoita yksikään yhtiö ei omistanut. Sami kummeksui sitä, että Heidi oli nyt ostanut amerikkalaisen lelujätin tekemän pelin.

"Peli-idea on 1800-luvun lopulta", Heidi sanoi. "Myöhemmin Mattel on yrittänyt omia peli-ideaa, mutta ei sillä mitään laillista oikeutta siihen ole. Nettisaitit tarjoavat peliä, eivätkä maksa mitään rojalteja Mattelille. Ne vain kutsuvat peliä Reversiksi 1800-luvun nimen mukaan. Minä nyt ostin Mattelin pelin, kun Mattel on ainoa, joka fyysisiä pelejä valmistaa."

Heidi jatkoi: "Kun minä nyt ostin tämän pelin niin pitäähän sitä kokeilla. Pelataan!"

"En minä nyt tiedä…" Sami ei lautapeleistä niin perustanut. Niissä ei ollut tarpeeksi räminää ja räiskettä.

"Minulla ei ole ketään muutakaan, jonka kanssa pelata livenä."

"En minä silti…"

"Saat pillua jos voitat", Heidi sanoi.

Sami kiinnostui heti tarjouksesta. Heidi oli hänen märkä päiväunensa. Ääneen hän ei ollut sitä sanonut, itse asiassa kaikki seksiin viittaava oli ollut ainoa tabuaihe Samin ja Heidin keskusteluissa. Mutta nyt Heidi oli tehnyt aloitteen ja Samilla olisi mahdollisuus päästä poikuudestaan eroon. Sami kuvitteli aina Heidin villeihin seksisessioihin romanssiensa kanssa, ja Sami oli tuntenut olonsa epävarmaksi ajatellessaan eroa heidän seksuaalisessa kokeneisuudessaan. Nyt tarvittaisiin vain voitto, ja puntit saataisiin tasattua.

Pöydällä oli muovinen pelilauta, jonka varsinainen pelialue oli vihreää huopaa. Pelialueen ulkopuolella oli nappulavarastot. Pelinappulat olivat muovisia kiekkoja, joiden toinen puoli oli musta ja toinen valkea. Heidi ja Sami kävivät läpi pelin säännöt. Toinen pelasi nappuloita musta puoli ylöspäin ja toinen valkea puoli ylöspäin. Vuorollaan pelaaja asetti laudalle nappulan niin, että sen ja jonkun laudalla valmiiksi olevan pelaajan nappulan väliin jäi vastustajan nappuloita. Tämän jälkeen kyseiset vastustajan nappulat käännettiin ylösalaisin niin, että niistä tuli nappulan juuri pelanneen pelaajan nappuloita. Sellainen siirto oli kielletty, joka ei kääntänyt yhtään vastustajan nappulaa, ja vuorollaan oli pakko tehdä sallittu siirto jos pystyi. Se pelaaja voitti pelin, jolla oli laudan täytyttyä enemmän omia nappuloita laudalla.

Kun Heidi selitti sääntöjä, Sami kiinnitti huomiota siihen, että Heidin ääni ei ollut yhtään hunajainen tai flirttaileva. Tavallinen ääni, sellainen mitä Heidi yleensäkin käytti.

Sami mietti myös lapsena pelaamiaan pelejä ja muisti, että kulmaruudut olivat hyviä, koska kulmassa olevaa nappulaa vastustaja ei pystyisi kääntämään. Kulman viereen taas ei kannattanut pelata, koska sellainen siirto antoi vastustajalle usein mahdollisuuden pelata oma nappulansa kulmaruutuun.

Peli alkoi. Sami pelasi kuten lapsuudessaan, yrittäen jokaisella siirolla kääntää niin monta vastustajan nappulaa kuin mahdollista. Samin silmään Heidin pelitapa näytti välinpitämättömältä. Heidi ei koskaan valinnut niitä siirtoja, jotka käänsivät mahdollisimman monta Samin nappulaa, ennemmin päinvastoin.

Sami ajatteli, että Heidi varmaan yritti hävitä tahallaan. Sami ajatteli Heidin vihdoin rakastuneen häneen ja kehittäneen juonen, jolla hänen ei ollut tarvinnut tehdä aivan suoraa aloitetta. Sami katsoi Heidin hupparia yrittäen kuvitella tämän rintojen ääriviivat. Sami tunsi kiihottuvansa. Ensimmäistä kertaa oikean naisen kanssa, mutta peli oli vielä voitettavana. Sami yritti pitää päänsä kylmänä, ettei hänen peliotteensa lipsahtaisi.

"Onpa kuuma päivä", Heidi sanoi riisuen hupparinsa. Sen alta paljastui sininen toppi. Nyt Heidin rintojen hahmottaminen oli Samille helpompaa. Pikkuruinen tissivakokin oli näkyvissä. Enää voitto, ja sitten Sami saisi koskea tissejä. Sami ajatteli, voiko tämä olla todellista. Heidi oli varsinainen amatsoni, ja hupparin riisuminenkin flirttailueleenä oli niin luontevaa. Oli lämmin kevätpäivä, ja pelin tiimellyksessä oli ymmärrettävää, että tuli kuuma.

Laudalla Heidin nappulat olivat selvässä vähemmistössä. Sami ajatteli olevansa selvässä johtoasemassa, ja Heidi teki taas siirron, joka käänsi vain yhden Samin nappulan.

Sami katsoi lautaa. "Nyt minulla ei ole luvallisia siirtoja." Sami ei pystynyt asettamaan nappulaansa laudalle niin, että Heidin nappuloita olisi kääntynyt.

"On tuossa yksi siirto", Heidi sanoi ja osoitti erään kulman vieressä olevaa ruutua.

"Niinpäs onkin", Sami sanoi. "Mutta en minä siihen tahdo pelata."

"Sun on pakko", Heidi sanoi. "Sinulla ei ole muita siirtoja." Itse asiassa tämä oli laudan asema, johon Heidi oli koko ajan pyrkinyt. Mitä vähemmän itsellä on nappuloita laudalla, sitä vähemmän vastustajalla on siirtovaihtoehtoja. Omien nappuloiden minimoiminen alkupelissä oli strategia, jolla pakotettiin vastustaja tekemään huono siirto.

Sami pelasi ainoan mahdollisen siirron, minkä jälkeen Heidi otti kulman.

Tämän jälkeen pelin henki oli muuttunut. Siirto siirrolta Heidi rakensi kulman ympärille omista nappuloistaan koostuvaa aluetta. Samille oli aina vuorollaan tarjolla vain yksi tai kaksi siirtoa, jotka nekin vain auttoivat Heidin kulmanrakennusprojektia. Sami katsoi seksinsaantimahdollisuuksiensa valuvan hitaasti mutta varmasti tyhjiin.

Nyt Heidi näytti taas Samin silmään siltä, miltä hän oli näyttänyt aiemminkin, ylväältä ja saavuttamattomalta amatsonilta. Harha siitä, että tuo amatsoni olisi Samille tarjolla oli hälvennyt. Varmoin ottein Heidi pelasi siirtonsa. Sami katsoi Heidin tissivakoa ja ajatteli, etteivät tissivaot ole häntä varten. Ne ovat aivan muita miehiä, jotka pääsevät tissivakoihin käsiksi. Lopulta lauta oli täysi. Se oli täysi Heidin nappuloita. Siellä täällä oli ihan muutama Samin nappula, joita Heidi ei ollut onnistunut kääntämään.

"Mulla on 54 nappulaa ja sulla 10", Heidi sanoi. "Ei siis tipu seksiä."

Sami ajatteli, että Heidin ääni oli liioitellun pirteä. Ikään kuin olisi maailman mahtavin asia, ettei hänen tarvinnut antaa Samille. Myrtyneenä Sami syöksyi asunnosta ulos.

Heidi katsoi täyttä pelilautaa ja ajatteli, ettei Samilla ollut ollut mitään mahdollisuutta. Pelaajalla, joka ei tunne alkupelin minimointistrategiaa ei ole mitään mahdollisuutta pelaajaa vastaan, joka tuntee sen. Heidi oli siis pystynyt tekemään seksitarjouksen turvallisesti, ilman pelkoa sen toteutumisesta. Pelaamaan hänen oli ollut pakko päästä, pitihän uusi peli korkata.

Räsypokkaa

"Mä haluaisin kokeilla isoa munaa", Mirka sanoi.

"Sori, mut mä seurustelen Katjan kanssa", Kalle vastasi.

Mirka, Kalle ja Katja olivat istumassa iltaa. Oli kesä 90-luvun alkupuolella, ja talvella he olivat kirjoittaneet ylioppilaiksi. Syksyllä kolmikko lähtisi opiskelemaan ja tiet erkanisivat.

"Katja on kertonut, ettei sulla nyt niin iso ole", Mirka napautti.

"Vai ei muka iso!"' Kalle sanoi leikillisesti raivoissaan.

"Te olette liikuntatunnilla käyneet uimahallissa", Mirka jatkoi.

"Joo..." Kalle sanoi.

"Ja sä olet nähnyt, kenellä meidän luokalla on isoin muna."

"Ristolla ainakin oli kookas", Kalle vastasi. "Ei siihen yleensä uimahallissa kiinnitä huomiota, mut tää oli poikkeus."

"Sillä nörtillä iso", Katja vastasi. "Ei ois uskonu."

Mirka kuten muukin porukka oli bilettäjänuoria, joten he eivät yleensä noteeranneet nörttejä. Mirka mietti, mitä tekisi. Nörtin seura ei niin kiehtonut, mutta jos sillä oli iso...

"Jos sen luona menee käymään", Mirka mietti. "Niin onko siellä riittävästi yksityisyyttä kuumaa sessiota varten?"

"Joo, toi on tärkee", Katja sanoi.

"Sen porukoilla on vanha omakotitalo", Kalle sanoi. "Risto asuttaa yksin talon yläkertaa."

"Risto, sulle on vieras", Riston äiti huusi.

Hetken kuluttua yläkerran ovi kävi.

"Mirka!" Risto tunnisti. Hän ei voinut käsittää, mitä asiaa Mirkalla oli hänen luokseen. Bilehileen ei luulisi tarvitsevan mitään nörtiltä. Ehkä se haluaa yksityisopetusta matematiikassa.

"Moi, mä tulin käymään", Mirka sanoi.

Risto tunsi kuumotusta poskissaan. Siis sosiaalinen visiitti. Risto ajatteli, että ehkä Mirka oli kiinnostunut hänestä silleen. Tyttöystävän saaminen kuului Riston suurimpiin unelmiin, mutta hän oli ajatellut, ettei hänellä ole sellaiseen mahdollisuuksia sosiaalisen kömpelyyden takia. Ja vielä Mirka. Mirkalla oli hiukan kiertopalkinnon mainetta, mutta Risto ei osannut paheksua sellaista. Ajatteli vaan, että seksuaalisesti kokeneempana Mirka paini korkeammassa sarjassa kuin hän.

"Istu vaan alas", Risto sanoi.

Pari istui sohvalle, ja Mirka sanoi: "Mä haluun pelata korttia."

"Okei."

"Onko sulla kortit? Mä haluun pelata pokkaa."

"Mä käyn hakemassa."

Risto kävi hakemassa viereisestä huoneesta pelikortit ja Monopoli-pelin. Risto ei omistanut pokerin pelimerkkejä, joten monopoliraha saisi kelvata.

Mirka oli istunut pöydän ääreen. "Miks sä Monopolin toit?" Mirka kysyi.

"Käytetään monopolirahaa panoksina."

"Ei kun mä haluan pelata räsypokkaa", Mirka sanoi.

Riston kädet alkoivat täristä jännityksestä. Nyt se tapahtuisi. Risto ei ollut ollenkaan varma rakastajankyvyistään, mutta ensin pelattaisiin, ja pelien parissa Risto tunsi olevansa kuin kotonaan. Hän oli pelannut räsypokkaa tietokoneellaan. Tietokoneella sitä pelattiin pelimerkeistä kuten oikeaa pokeria, ja kun tietokoneen virtuaalinaiselta pelimerkit loppuivat, tämä sai lisää pelimerkkejä vähentämällä vaatteitaan. Ruudulla näkyi kuva kulloisestakin pukeutumistilanteesta.

"Osaaksä pelata pokeria korotuksilla?" Risto kysyi. "Ensin kumpikin laittaa alkupanoksen, ja sit vuorossa oleva pelaaja voi korottaa sitä. Toinen voi sitten joko maksaa korotuksen, korottaa itse enemmän tai luovuttaa. . . "

"Ää, toi on liian monimutkaista. Pelataan vaan niin. että se joka saa huonommat kortit riisuu yhden vaatteen", Mirka sanoi.

Mirka oli strategisesti pukeutunut vain kukkamekkoon, rintsikoihin ja pikkareihin. Ristolla puolestaan farkut, kalsarit, t-paita ja sukat.

Risto pettyi pikkaisen Mirkan ehdotuksesta. Riston ehdottama versio olisi ollut strateginen peli, ja sellaisen parissa Risto oli kuin kotonaan. Mirkan peli oli niin yksinkertainen, että riisuutuminen korostuisi ja peliaspekti jäisi taka-alalle. Se ajaisi Riston hiukan vieraampaan tilanteeseen. Risto kuitenkin pelkäsi Mirkan ajattelevan hänestä pahaa jos hän vaatisi omaa versiotaan.

"Okei", Risto sanoi.

Kortit jaettiin, ja Risto katsoi Mirkaa. Tämä näytti hehkeältä, kuten kahdeksantoistavuotiaat tytöt näyttävät kukkamekoissa. Tummat hiukset ponnarilla, normaali vartalo, ja tissit. Ei mitkään jätit, mutta ei pienetkään.

"Ja sit vaihdetaan yhden kerran", Mirka sanoi. Mirka oli päättänyt hävitä pelin niin nopeasti kuin mahdollista ja vaihtoi kuningasparin pois. Risto puolestaan jätti nelosparin käteen, hänelle ajatus pelata muusta kuin voitosta oli vieras.

Vaihdon jälkeen kortteja vertailtiin. "Sulla on pari", Mirka sanoi. "Minulla ei ole mitään."

Mirka nousi seisomaan ja kääntyi selin Ristoon. Hän heitti mekkonsa pois. Risto katseli Mirkan pakaroita ja ajatteli, että kohta hän pääsisi puristelemaan niitä. Toisaalta häntä pelotti. Hän ei tiennyt, kuinka petipuuhissa pitäisi käyttäytyä ja ajatteli mokaavansa jotain.

"Tadaa!" Mirka huusi ja kääntyi Ristoon päin.

Alusvaatteet eivät olleet keskenään samaa sarjaa, mutta Risto ei ollut ennen ollut näin vähäpukeisen naisen seurassa.

Seuraavan jaon Risto hävisi Mirkan häviöyrityksestä huolimatta ja riisui sukan. Sitä seuraavissa jaoissa läksivät Mirkan rintsikat ja pikkarit.

"Jatketaan vielä", Mirka sanoi alasti pöydän ääressä. "Jos sä voitat seuraavan jaon, saat puristella mun tissejä."

Mirka hävisi, ja Risto nousi ja kävelin Mirkan viereen. Tärisevin käsin hän koski Mirkan nänniä.

"Purista vaan kunnolla", Mirka sanoi. Risto puristi, ja kun se tuntui niin mukavalta, hän puristi toisenkin kerran. Sitten hän kosketteli Mirkan maitorauhasia antaumuksella. Mirka nousi ja suuteli Ristoa. Risto vastasi suudelmaan.

"Jatketaan peliä", Risto sanoi. "Mulla on vielä vaatteita."

"Riisu ne vaan nyt", Mirka sanoi.

Risto säikähti mokanneensa. Kuinka anaaliselta hän vaikutti? Risto ryhtyi riisuutumaan. Ihan heti päästäisiin asiaan. Ristosta tuntui samalta kun pienenä oli tuntunut hammaslääkärin huoneeseen kävellessä. Odotushuoneessa oli ollut vielä turvallista, kun hampaiden tarkastelu oli useamman hetken päässä, mutta kun hammaslääkäri huusi Riston nimen, mielessä pyöri vain "Nyt se tapahtuu."

Kun Risto oli alasti, Mirka huomasi, että Kalle ei ollut puhunut puppua. Risto oli hintelä, mutta hänellä oli jättimäinen mulkku, luonnollisesti jo tässä vaiheessa pystyssä. Seksi oli Mirkalle rutiinia, mutta nyt olisi jotain uutta kokeiltavana.

Pari suuteli, ja Mirka ohjasi heidät sohvalle suudelmia vaihtaen. Mirka makasi sovalla selällään ja Risto oli päällä. Risto ajatteli, että penis täytyy työntää sisään ja ryhtyi tuumasta toiseen.

"Älä vielä", Mirka sanoi. "Mä en ole vielä kunnolla märkä. Sun täytyy hipelöidä mun pillua."

Risto työnsi käden Mirkan alapäähän ja tutki mustan karvoituksen seasta, millaiset paikat siellä on. Nopeasti hän löysi reiän ja työnsi sormenpään sisään. Sitten hän hipelöi reiän ympäristöä.

"Nyt voit työntää sen sisään", Mirka sanoi hetken päästä.

Risto alkoi laskemaan mulkkuaan pillulle, ja Mirka ohjasi elimen sisäänsä.

Kun elin työntyi sisään, Mirka tunsi, että hän oli täydempi kuin aiemmin. Hän piti tunteesta, vaikka vähän sattuikin.

Risto työnsi mulkun pohjaan saakka, ja Mirka huohotti. Sitten Risto alkoi työntelemään edestakaisin.

Mirkan mielestä mulkku tuntui paremmalta kuin hänen edellisten rakastajiensa mulkut. Välillä vähän sattui, mutta se oli olennainen osa nautintoa.

Risto puolestaan ajatteli, että ihan mukavastihan tämä tuntuu menevän. Hän oli päässyt panolle asti mokaamatta mitään. Työntely jatkui, kunnes parin minuutin päästä Risto tuli.

"Saiksä?" Risto kysyi, kun mulkun sykähtely oli laantunut.

"En ihan", Mirka vastasi. "Tää tais olla sun eka kerta."

"Joo."

"Ei kukaan mies pysty ekalla kerralla antamaan naiselle orkkua", Mirka sanoi. "Makaillaan nyt vähän."

Risto painautui Mirkaa vasten ja ajatteli saaneensa nyt tyttöystävän. Mirka ei ollut asiasta niinkään varma. Nörtti henkilönä ei kiehtonut häntä, mutta se mulkun koko... Taitamaton rakastajahan Risto oli tällä kertaa ollut, mutta koulutettavissa. Ei siinä montaa kertaa kestäisi ennen kuin Risto hallitsisi homman.

"Ei meistä paria taida tulla", Mirka sanoi. "Me ollaan liian erilaisia ihmisiä. Mut panna me voidaan uudestaankin. Sulla on... tiettyjä avuja."

"Okei", Risto vastasi.

Ekaa kertaa seurasi myöhemmin toinen ja kolmaskin, ja sinä kesänä Mirka ja Risto panivat monituisia kertoja.

Huijari

Istuin täpötäydessä kahvilassa edessäni tuplaespresso. Olin juuri tullut tuttavani luota, jossa olin hävinnyt backgammonissa 500 euroa hänelle ja parille hänen kaverilleen. Pidän pelistä, mutta jos aivan rehellisiä ollaan, jään usein häviölle. Noh, oppirahat on maksettava ja toivon, että pelikokemuksen myötä opin vähitellen paremmaksi pelaajaksi. "Onko tässä tilaa?" Havahduin kysymykseen ja näin edessäni jakkupukuun pukeutuneen, ehkä nelikymppisen naisen. Naisen hiukset olivat nutturalla, ja kroppa näytti timmiltä. Nainen vaikutti olevan virkanainen, kaltaiseni uhkapelurin tason yläpuolella, mutta kahvila oli täynnä, joten minua vastapäätä oleva paikka, eräs ainoa vapaista, näytti kelpaavan.

Vastasin myöntävästi, ja nainen istuutui. Hän alkoi äänettömästi siemailla capuccinoaan.

"Olin äsken pelaamassa backgammonia", sanoin. "Kyseessä on nopilla pelattava strategiapeli. Vaikka nappuloita liikutetaan noppien määräämä askelmäärä, pelaaja saa heitettyään noppaa valita, mitä nappuloistaan liikuttaa, ja tämä päätös riittää tekemään pelistä haastavan strategiapelin. Vastustajan nappuloita voi syödä, omia nappuloita voi suojata syömiseltä, ja omista nappuloista voi rakentaa vastustajan etenemistä vaikeuttavia esteitä. Pelilauta on tällainen." Avasin vieressäni olevaa pikkuista salkkua, jonka sisään pelilauta oli rakennettu.

"No mitenkäs pelit menivät?" nainen kysyi.

59

"Jäin 500 euroa voitolle."

"Oletpa taitava", nainen sanoi. "Mä asun ihan lähellä. Entä jos mentäisi meille? Voisit opettaa mua pelaamaan. Mä muuten olen Jenni." Nainen tarjosi siroa kättään. Kynnet oli lakattu huolellisesti. "Petri", vastasin, ja kättelimme. En voinut uskoa onneani. Ajattelin, että Jennillä oli muutakin mielessä kuin backgammon.

"Entä jos pistettäisiin panosta peliin?" ehdotin.

Olimme Jennin luona, ja olin juuri selittänyt hänelle pelin säännöt. Jenni oli kuunnellut tarkkaavisesti, sanonut sopivissa väleissä 'joo', mutta hän ei ollut esittänyt tarkentavia kysymyksiä. Ajattelin, että joko hän on tosi fiksu kun onnistuu omaksumaan säännöt nopeasti, tai sitten niin pihalla, ettei ollut osannut kysyä mitään.

"Mitä sulla oli mielessä?" Jenni kysyi hunajaisella äänensävyllä.

"Pelataan vaikka räsybackgammonia", sanoin. "Pelin häviäjä riisuu vaatekappaleen, ja jatkamme, kunnes toinen on täysin alasti."

Jenni hihitti. "Sopii. Varo vain kalsareidesi puolesta." Äänensävy oli leikillisen uhmakas.

Heitimme noppaa aloitusvuorosta. Minä heitin viitosen ja Jenni ykkösen. Minun pitäisi siis käyttää 5-1 ensimmäisellä vuorollani. 5-1 on huono aloitus. 6-1 on sen sijaan hyvä. Päätin nopeuttaa voittoani ja viitosella siirsin nappulaani kuusi keilaa. Juoneni onnistui, eikä Jenni huomauttanut huijaamisestani.

Jenni heitti noppia. Ihmettelin huumaantuneena, kuinka naisellisia hänen kädenliikkeensä olivat. En ollut aiemmin ajatellutkaan, että noppaakin voi heittää naisellisesti. Naiselliset otteet jatkuivat nappuloiden siirrossakin, mutta hänen siirtonsa oli aloittelijan siirto. Hän jätti ihan turhaan kaksi nappulaansa syömiselle alttiiksi.

Peli jatkui samaan tapaan. Jennin siirrot eivät osoittaneet strategiantajua, ja minä aina välillä siirsin nappulaani väärän askelmäärän. Lopulta olin saavuttanut huomattavan johtoaseman. Tällöin otin laudan vierestä nopan näköisen kuution, käänsin sen osoittamaan kakkosta ja asetin Jennin eteen.

"Mikäs noppa tuo on?" Jenni kysyi.

60

"Se on tuplauskuutio. Nyt sulla on kaksi mahdollisuutta: Voit joko luovuttaa tämän pelin ja riisua vaatekappaleen, minkä jälkeen aloitamme uuden pelin. Toisena vaihtoehtona tämän pelin panokset nousevat niin, että pelin häviäjä riisuu kaksi vaatekappaletta."

"En minä luovuttaakaan halua", Jenni sanoi.

Niin tuplaukseni jäi voimaan. Sain pelissä rakennettua esteen, joka esti Jenniä palauttamasta hänen syötyjä nappuloitaan peliin ja voitin helposti. Gammon-voitto, joka olisi nostanut panoksen kaksinkertaisesta nelinkertaiseksi jäi kuitenkin saavuttamatta.

"Nyt sinun täytyy riisua kaksi vaatekappaletta."

Jenni riisui kirjavan huivin kaulastaan. Selvästi joku designertuote.

"Yksi", Jenni sanoi.

Sitten Jenni nousi, laittoi kätensä hameensa alle, ja lanteita keinutellen riisui sukkahousunsa.

"Kaksi", Jenni sanoi nauraen.

Jenni istui edessäni yllään vain matchaavat punaiset pitsirintsikat ja pikkarit. Hän oli hävinnyt jo useamman pelin. Olin ollut oikeassa, Jennin kroppa oli tosiaan timmi. Ajattelin, että kohta matsi olisi ohi, ja pääsisimme toimintaan. Himoitsin Jennin tissejä, vaikka ne pienet olivatkin. Minä olin täysissä pukeissa. En ollut hävinnyt yhtään peliä.

Ajattelin nopeuttaa pelin kulkua, ja heti toisella vuorollani tarjosin tuplauskuutiota.

"Sä tuplaat, kun tilanne on sulle edullinen", Jenni sanoi. Todellisuudessa tässä vaiheessa laudan tilanne oli tasan, mutta ajattelin pelitaitojeni olevan ylivoimaiset.

"En hyväksy tuplausta", Jenni sanoi. "Mä alan oppia."

"Sitten sun pitää luovuttaa ja riisua rintsikat."

Jenni nousi, tanssahteli hiukan, kääntyi selin minuun ja riisui rintsikat. Kun hän kääntyi takaisin, näin houkuttelevat keskikokoiset nännipihat ja nöpöttävät nännit. Iästä huolimatta Jennin rinnat olivat kiinteät.

61

"Mitä jos korotettais panoksia?" Jenni sanoi. "Matsin voittaja saa tehdä häviäjälle mitä haluaa."

Matsin voitto oli minulle yhden pelin päässä eikä Jennistä ollut vastusta. Ajattelin nussivani Jennin aivot pellolle, ja suostuin.

"Kättä päälle." Jenni tarjosi kättään.

Käteltyämme Jenni istuutui ja sanoi: "Seuraava kierros onkin sitten Crawford." Äänensävy oli ankaran asiallinen.

Hätkähdin. "Mitä?" Ihmettelin, mistä Jenni tiesi backgammon-termin.

"Sä olet yhden pisteen päässä matsin voitosta, joten seuraavassa pelissä ei saa käyttää tuplauskuutiota", Jenni selitti.

Olin hämmentynyt. Backgammonin säännöt todella menevät noin, vaikka en ollut tätä yksityiskohtaa Jennille kertonutkaan.

Aloimme pelaamaan. Jennin silmissä oli nyt tappajan katse ja hänen otteensa olivat itsevarmoja. Yritin samaa huijausta, joka oli mennyt läpi lukuisia kertoja, mutta nyt Jenni huomautti siitä heti.

"No niin", Jenni sanoi. "Nyt mä saan tehdä sulle, mitä haluan."

Seisoin alasti Jennin edessä. Olin juuri hävinnyt kolme peliä put-keen, tuplaamattoman Crawford-pelin sekä sen jälkeen kaksi Jennin tuplaamaa peliä ja menettänyt kaikki viisi vaatekappalettani. Vii-misen pelin olin hävinnyt gammonilla. Voitto oli ollut neljän pisteen arvoinen, vaikka sillä ei ollut ollut merkitystä, koska minulla oli ollut päällä ainoastaan farkut ja alushousut. Minulla oli ollut samanlainen olo kuin parhaita tietokoneohjelmia vastaan pelatessani: Vastustaja on niin ylivoimainen, että minulla ei ole mitään mahdollisuutta.

Jenni antoi minulle kankaanpalan. "Sido silmäsi." Tein työtä käskettyä.

Jenni talutti minut viereiseen huoneeseen. Kullini sykähteli pys-tyssä. Odotin innolle toimintaa, nyt vain toteuttaisimme Jennin fan-tasioita eikä minun. Jenni ohjasi minut kumartumaan jonkun pukin päälle, ja ennen kuin ehdin ajatella mitään, hän oli sitonut jotain ranteisiini.

Jenni poisti silmieni siteen, ja tajusin olevani jossain sadomaso-kismiluolassa. Edessäni oli kaikenlaisia sidontavälineitä. Minä itse olin kumartuneena jonkunlaisen pukin päälle. Kauhistuin. Kyllähän minä tiesin, että sadomasokismi on muodissa, mutta olen vankkumaton vaniljaseksin kannattaja. Olin ranteistani sidottuna pukkiin, joten en päässyt karkuun. Edessäni keikisteli Jenni pikkareissa raippa kädessään. "Tämä on ratsupiiska. Sillä saa iskuihin suurimman tehon. Seksikauppojen piiskat on leluja." Jennin ääni oli ankara. Minua taas ajatus piiskatuksi tulemisesta ei sytyttänyt yhtään.

Jenni siirtyi taakseni ja siveli persettäni piiskalla. Sitten hän mäjäytti kunnolla minua perseelle. Se sattui, ja voihkaisin.

"Olen muuten backgammonin naisten Suomen mestari", Jenni sanoi. Hänen äänestään kuulsi halveksunta meitä amatoorejä kohtaan.

Sitten tuli uusi isku ja lisää kipua.

"Kun aloit mansplainaamaan minulle backgammonista, ajattelin nöyryyttää sinut pelilaudalla."

Uusi isku ja lisää kipua. Yritin kiskoa käsiäni irti, että pääsisin poistumaan. Kahleet kuitenkin pitivät.

"Tarkoitukseni oli aluksi kyniä sinulta muutama satanen, mutta ehdotuksesi räsypelistä sopi paremmin tarkoituksiini."

Jenni iski taas piiskalla perseelle. En tiennyt, kestäisinkö enää kipua kovin kauaa.

"Kun sitten aloit huijaamaan, tajusin, että tarvitset ankaramman rangaistuksen." Sana 'huijaamaan' sylkäistiin suusta niin, että tajusin pelissä huijaamisen olevan Jennistä alhaisista alhaisistaa toimintaa.

Tämän jälkeen perseen sively piiskalla sekä isku ja kipu seurasivat toinen toisiaan. Karjuin kivusta jokaisen iskun jälkeen. Jos huone ei ollut äänieristetty, niin varmasti naapurit ihmettelivät.

"Sun perse on nyt mukavan verinen", Jenni sanoi lopulta. Iskuja oli tähän mennessä tullut useita kymmeniä. "Päästän sinut irti, niin pääset lähtemään." Äänen ankara sävy oli muuttunut äidilliseksi.

Kun olin ovella, poistumassa asunnosta, Jenni huikkasi: "Jos muuten aiot pelata backgammonia parin päivän sisällä, niin sun kannattaa tehdä se seisaaltaan."

Osa III

Sekalaisia tarinoita

Boa

"Pelataan isän petankkipalloilla", 10-vuotias Justus sanoi.
"Joo!" 5-vuotias Kaius vastasi.

Itse asiassa Justusta ja Kaiusta oli ankarasti kielletty koskemasta isän petankkipalloihin, koska ne olivat kalliita. Virallisia kilpailupalloja, niinkuin isä sanoi. Isä ja äiti olivat kuitenkin lähteneet konserttiin, joten he eivät olleet näkemässä. Ensimmäistä kertaa Justus oli muutaman tunnin vastuussa Kaiuksesta.

Pojat ottivat petankkipallot kaapista ja menivät pihalle. "Tuolla Kuopassa muuten asuu käärme", Justus sanoi. Kuoppa oli laitettua pihaa reunustava alue, joka oli kasvillisuuden peitossa. Se oli laitettua pihaa alempana, joten sitä kutsuttiin Kuopaksi. Kuopan toisella puolen oli hiekkatie.

"Hui!" Kaius sanoi Justuksen käärmejutulle. "Ei kai. Onko Suomessa muka käärmeitä?"

"Joo on Suomessa", Justus sanoi. "Kuopassakin on! Se on ainakin kymmenen metriä pitkä boakäärme."

Kaius oli kauhuissaan.

Justus jatkoi: "Se on kuristajakäärme. Jos ihminen menee Kuoppaan, se käärme kietoutuu ihmisen kaulan ympäri ja kuristaa ihmisen kuoliaaksi. Näin se kiemurtelee."

Justus näytti käärmeen kiemurtelua käsillään, ja Kaius oli jo peloissaan lähdössä sisälle. Justus naureskeli mielessään, kuinka helppoa Kaiusta oli huijata.

"Pihalla voi kuitenkin olla", Justus sanoi. "Se käärme ei tule pois Kuopasta."

Kaius päätti pysyä pihalla, mutta heitti kuitenkin pelokkaita katseita Kuoppaan.

Petankkipeli alkoi. Pojat heittelivät palloja. Justus pystyi sihtaamaan sen verran kun petankkipalloja nyt nurmikolla pystyi sihtaamaan. (Lukijalle kerrottakoon, että petankkia on parempi pelata hiekalla kuin nurmikoilla.) Kaiukselta sen sijaan pallot lentelivät miten sattuu. Metallipallot olivat liian raskaita viisivuotiaalle. Sitten Kaiuksen heittämä pallo vieri Kuoppaan.

"Minä käyn hakemassa sen", Justus sanoi.

"Mut siellä on se käärme", Kaius varoitti.

"Kyllä isoveljet voi mennä sinne", Justus sanoi ja alkoi laskeutua kuopan reunaa.

Kaius katseli kauhuissaan.

Väistellen nokkosia Justus etsi palloa kasvillisuuden seasta, kun hän näki jotain liiketta heinikossa. Justus ajatteli, että siellä oli rotta, ja jatkoi etsimistä. Yhtäkkiä Justus tajusi tuijottavansa silmästä silmään valtavaa käärmettä.

Justus panikoi ja alkoi kiivetä kuopan reunaa ylös, mutta hänen kenkänsä lipsuivat. Käärme oli hänen takanaan. Justus kiersi käärmeen ja alkoi juosta kasvillisuuden läpi kohti hiekkatietä. Hänestä tuntui, että käärme seurasi häntä, ja kasvillisuus hidasti hänen kulkuaan. Kengät lipsuivat ja nokkoset polttelivat. Vihdoin Justus saavutti hiekkatien. "Huh! Onneksi se käärme ei pääse Kuopasta pois", hän ajatteli. Hiekkatien ja pihan välissä oli myös portaat, ja Justus kiipesi niitä Kaiuksen luo.

Ajatukset risteilivät Justuksen päässä. Ei Kuopassa oikeasti pitänyt olla käärmettä. Hän oli vain pelotellut pikkuveljeään. Enemmän kuin käärme, häntä harmitti kuitenkin isän petankkipallon häviäminen. Hänellä ei ollut ollut lupaa pelata palloilla, ja isä olisi vihainen hänelle. Vaikka Kaius oli tehnyt ratkaisevan heiton, Justus oli vastuussa Kaiuksesta. Ja käärmeen takia palloa ei voisi mennä etsimään.

Justus ajatteli kuumeisesti. Sitten hän keksi: Siilithän syövät käärmeitä.

"Kohta tulee siili ja syö sen käärmeen", Justus sanoi Kaiukselle.

"Siilit on pieniä", Kaius sanoi. "Ei siili pysty kymmenmetristä käärmettä syömään."

"Se onkin kaksi metriä pitkä ja metrin korkea siili", Justus sanoi.

"Ei niin suuria siilejä ole", Kaius sanoi.

"On niitä yksi", Justus sanoi. "Siksi se ei olekaan vielä ehtinyt käydä meidän käärmettä syömässä. Sillä siilillä on aikataulu."

"Milloin se tulee?" Kaius kysyi.

"Kolmen minuutin päästä", Justus vastasi.

Kaius oli edellisellä viikolla saanut lahjaksi rannekellon, ja hän ryhtyi katsomaan siitä kolmea minuuttia.

"Minuutti mennyt!"

"Kaksi minuuttia mennyt!"

Kun aika oli kulunut, Kaius katsoi Kuoppaan ja sanoi: "Hei, tuolla se siili on!"

Justus katsoi kanssa, ja kasvillisuuden seasta todentotta näkyi metrin korkean siilin piikit.

Isä oli lähdössä petankkia pelaamaan. Petankkipallot olivat isän silmäterä, ja hän tarkisti, että kaikki pallot olivat tallella. Kyllä, siellä ne olivat. Justus katsoi myhäillen isän lähtöä. Hän oli saanut palautettua pallot juuri ennen kuin vanhemmat olivat saapuneet konsertista. Tietäisipä isä, millaisen seikkailun yksi palloista oli käynyt läpi.

Kukkulkokkoro

"Tervetuloa, lapset", Kaisu-täti sanoi. "Tulkaa syömään. Ruokana on kaalilaatikkoa."

Lauri 8v, Siiri 7v ja Mika 5v irvistelivät jo valmiiksi. Eikö täti tiennyt, millaisista ruuista lapset tykkäsivät? No, mitä tuonnäköiseltä happamalta ja kuivakalta täti-ihmiseltä voisi odottaakaan.

Äiti ja isä olivat päättäneet lähteä viikonlopuksi kahdestaan kylpylään, ja he olivat tuoneet lapset hoitoon Kaisu-tädin huomaan. Lapset olivat kauhuissaan. Kaisu-täti näytti siltä, ettei hän ymmärtänyt yhtään lapsia.

Lapset saivat vaivoin nieltyä kaalilaatikkoa, ja täti sanoi lopulta: "Jos ruoka ei kelpaa, näytän teille makuuhuoneenne. Täällä on kuitenkin tiukka sääntö: Patjoilla ei saa pomppia."

Kaisu ja lapset menivät yläkertaan, jonne oli sijattu vuoteet, ja Kaisu-täti jätti lapset yksin. Yksi vuode oli sijattu lattialle, ja kun Mika astui sille, hän ihastui vieteripatjan joustoon. Kohta kaikki lapset pomppivat patjoilla.

Hetken päästä Kaisu-täti ilmestyi huoneeseen. "Minähän sanoin, että patjoilla ei saa pomppia", täti sanoi ankarasti. "Tulkaa alakertaan."

Sitten siirryttiin alakertaan, ja Kaisu-täti toi lapsille kuluneen, hajoamispisteessä olevan laatikon: "Tämä on Kukkulkokkoro. Se oli lempipelini, kun olin pieni. Voitin sen aina."

Kaisu-täti jatkoi: "Peli vaatii tunnelmavalaistuksen." Hän

vähensi valoja ja jätti lapset yksin huoneeseen. Vanhimpana Lauri alkoi lukea pelin ohjeita. Muut lapset eivät osanneet lukea tekstauskirjaimia.

"Yksi voittaa ja pääsee pakoon. Muut pelaajat joutuvat Kukkulkokkoron vangeiksi. Pelaajat heittävät noppaa ja liikkuvat silmäluvun mukaan. Pääkalloruuduissa nostetaan toimintakortti. Ensimmäisenä maaliin tullut on voittaja."

Pelilaudalla oli rata alusta loppuun, ja kuvituksena oli kauhukuvastoa, hämähäkkejä, hautakiviä ja zombeja. Kukkulkokkoro oli luiseva, silinteripäinen hahmo, josta oli iso kuva pelilaudassa.

"Tää on aika pelottava", Mika sanoi.

Lapset alkoivat pelaamaan. Siiri joutui pääkalloruutuun ja nosti toimintakortin. Toimintakorttien tekstit oli kirjoitettu tikkukirjaimin, joten Siirikin pystyi lukemaan ne. "Kastelet Kalmansuolla jalkasi. Kulje kolme askelta taaksepäin."

Siiri huomasi, että hänen sukkansa olivat märät, ja hän huomautti tästä porukalle.

"Ulkona satoi, kun tulimme tänne. Kastelit sukkasi silloin", Lauri sanoi.

Siiri uskoi selityksen, ja porukka jatkoi pelaamista.

Kohta Lauri nosti toimintakortin. "Hukkaat kryptan avaimen. Mene takaisin lähtöruutuun." Vaistomaisesti Lauri kokeili taskuaan, jossa hän piti aina kotiavaimiaan. Tasku oli tyhjä. "Multa muuten unohtui kotiavaimet kotiin."

Siiri sanoi: "Ei kun Kukkulkokkoro vei ne."

"Älä höpsi", Lauri sanoi.

Sitten tuli Mikan vuoro nostaa toimintakortti. Lauri luki sen hänelle.

"Polukki syö sinulta sormen. Odota yksi vuoro."

Mika kauhistui. "Se on vain peliä", Lauri sanoi.

"Näytäpä käsiäsi", Siiri sanoi.

Mika näytti, ja häneltä toden totta puuttui vasemman käden pikkusormi. Lapset kauhistuivat. "Lopetetaan tämä peli. Tämä on liian outoa."

70

Tällöin huoneeseen ilmestyi silinteripäinen hahmo. "Kukkulkokkoro!" lapset tunnistivat.

"Vain yksi voittaa ja pääsee pakoon", Kukkulkokkoro sanoi. "Muut joutuvat vangeiksini. Jos lopetatte pelin kesken, joudutte kaikki vangeiksini."

Kukkulkokkoro katosi, ja vain sen nauru kaikui huoneessa.

"Mitä me nyt tehdään?" Siiri kysyi.

"Kai peli on pakko pelata loppuun", Lauri sanoi. "Sillä tavoin edes yksi meistä pelastuu."

"Kaisu-täti kertoi voittaneensa pelin aina", Siiri sanoi. "Tuleekohan pelin voittajasta hapan ja kuivakka?"

Mika tuhersi itkua.

Peli jatkui. Milloin Mika huomasi olevansa alushoususillaan ("Huomaat olevasi alushoususillasi hautausmaalla. Odota kaksi vuoroa."), milloin hämähäkki käveli ulos Siirin suusta.

Sitten Mika nosti kortin. "Haamu syö sinut kahden vuoron päästä. Aikasi on vähissä."

Mika järkyttyi. Siiri ja Lauri yrittivät rauhoitella Mikaa, mutta huonolla menestyksellä, koska he itsekin olivat järkyttyneitä.

Pelattiin Siirin vuoro, ja omalla vuorollaan Lauri nosti tyhjän toimintakortin.

"Se on varakortti", Siiri sanoi. "Se pitää pistää pois ja nostaa uusi kortti tilalle."

"Mikä on varakortti?" Mika kysyi.

"Jos joku kortti katoaa, sen voi ottaa kadonneen tilalle", Lauri sanoi.

"Hetkinen!" Siiri oivalsi. "Mistä kukaan muistaa, mitä kadonneessa kortissa luki ja osaa kirjoittaa saman varakorttiin?"

"Peleissä nyt on aina ylimääräisiä kortteja", Lauri sanoi.

"Anna se kortti tänne", Siiri sanoi. "Mähän voin kirjoittaa siihen, mitä tahdon tapahtuvan."

Siiri haki huoneessa olevalta kirjoituspöydältä kynän ja sanoi: "Kirjoitan korttiin 'Kukkulkokkoro joutuu itse vangiksi.' "

Siiri kirjoitti keskittyen. Kun hän oli saanut tekstin valmiiksi, Kukkulkokkoro ilmestyi huoneeseen. "Haa! Tässä minä olen, enkä

ole mikään vanki. Luulitteko voivanne päihittää minut?" se sanoi.
"Näytä sitä korttia tänne", Lauri sanoi Siirille.
Lauri katsoi korttia ja sanoi: "Siinä lukee KUKKUKOKKORO JOTUU ITSE VANGIKSI."
Lauri ryhtyi korjaamaan kortista kirjoitusvirheitä. Siiri katsoi Kukkulkokkoron kasvoja, ja ne muuttuivat pelokkaiksi.
Lauri sai L:n tungettua tekstin sisään juuri ja juuri, mutta U piti kirjoittaa sanan JOTUU yläpuolelle ja merkitä viivalla sen oikea paikka. Kun Lauri oli saanut korjaukset valmiiksi, Kukkulkokkoro päästi epätoivoisen tuskanhuudon ja katosi. Heti sen jälkeen Kukkulkokkoro-peli katosi valonväläyksessä.
"Huh!" Mika sanoi. "Pelastuttiin."
Hetken päästä Kaisu-täti tuli huoneeseen. Hän näytti nyt jotenkin erilaiselta, iloisemmalta. Tukka tosin hapsotti, mutta muutos oli muutoin myönteinen. "Kuka tahtoo lähteä pomppimaan patjoilla?" täti kysyi innoissaan. "Sen jälkeen tarjolla on mehua ja keksejä."

Kroketti

"Tämä on ihan tylsä peli", Pikku-Ville sanoi. "Koko ajan vaan sitä samaa."

Oli kaunis kesäpäivä, ja isä oli raahannut Pikku-Villen pois XBoxin äärestä, pihalle pelaamaan krokettia. Peli ei kuitenkaan maistunut, Ville oli selvästi kiinnostuneempi videopeleistä. "Mitenhän pelistä saisi mielenkiintoisemman?" isä kysyi. "Mä tiedän! Tämä portti on nyt superportti. Siitä saa kaksi lisälyöntiä." Ville laittoi porttia vasten punaisen hiekkalapion. "Ja tämä on bonusportti. Siitä saa sata bonuspistettä." Vihreä hiekkalapio. "Ja tämä portti on teleport. Siitä pääsee suoraan loppukepin viereen." Sininen hiekkalapio.

Isä myhäili. Tämä krokettiversio oli selvästi saanut vaikutteita videopeleistä, mutta Ville oli silminnähden innoissaan. Olihan se kasvavalle lapselle hyväksi puuhailla ulkona.

Peli alkoi. Isä kiersi rataa, mutta Ville löi pallonsa yhä uudelleen bonusportin läpi keräten lisää ja lisää bonuksia. Isä ei ihan ymmärtänyt, kuinka bonuspisteet vaikuttivat pelin kulkuun, kroketissahan ei laskettu pisteitä, vaan pelin voitti radan ensimmäisenä läpäissyt. Isän pallo meni superportista, ja isä löi kaksi lisälyöntiänsä. Ville keräsi yhä bonuksia.

Sitten isän piti lyödä pallo läpi teleportista. Isä mietti, kuinka se toimisi. Pallo varmaan kannettaisiin käsin loppukepin viereen. Isä löi. Teleport-portin kohdalla pallo katosi kuin tuhka tuuleen, ja isä oli äimänä.

73

"Minne se pallo meni?" Isä kysyi.

"Täällä se on", Pikku-Ville huusi. Isä katsoi, ja isän pallo oli toden totta loppukepin vieressä.

Yhden markan ooppera

Alkusoitto

Raipe astuu Esson baariin. Ehkä hän maksaa kahvinsa minulla ja pääsen pois hänen perstaskustaan. Näissä maaseutubaareissa on usein söpöjä farmarintyttäriä myyjinä, ja ehkä pääsen sellaisen käsien kautta baarin kassakoneeseen.

Viimeiset kolme kuukautta olen homehtunut jyväjemmarin perstaskussa. Olisikin edes istuvat housut, mutta hyvin usein huomaan valuneeni housujen mukana alas pitkin hänen persettään. Ja ne pierut! Kerta toisensa jälkeen olen joutunut toteamaan kaasupurkauksen suhahtavan ohitseni. Onneksi on edes nahkainen lompakko suojana suolikaasuja vastaan.

Raipe kävelee baarin tiskille päin. Kolahtelen lompakossa viidenkymmenen pennin kolikkoa vasten. Mutta ei, Raipe ei pysähdy tiskille. Hän kävelee sen ohi. Hän kaivaa lompakon perstaskustaan ja tarttuu minuun. Kun siirryn ylöspäin, huomaan pajatsokoneen. Raipe työntää minut koneeseen ja lyö. Kärsimys jyväjemmarin perstaskussa on ohi.

Singahdan takaressun tuntumaan, mutta en putoa sinne, vaan kimpoan metallinastasta ylös, ja kolmen markan portin tuntumaan. Vauhtia tuntuu olevan vähän liikaa päävoittoa ajatellen, joten rentoudun vähentääkseni kimmoisuuttani. Jos minulla voitetaan, on riski joutua takaisin Raipen perstaskuun, mutta pitäähän markan kolikolla olla sen verran lojaliteettia laillista omistajaansa kohtaan, että yrittää ansaita tälle voiton.

Singahdan taas ylös kolmen markan voittoportin viereisestä nastasta. Rentoutumiseni ansiosta vauhti on juuri sopiva päävoittoporttiin.

Putoan melkein päävoittoporttiin, mutta vauhti on hiukan liian kova. Kimpoilen aikani sen viereisten nastojen välissä, kunnes putoan portin vierestä alas. Ei voittoa. Kiitos kannatuksesta. Pajatson taulussa on sen verran tyhjää tilaa, että putoan sinne. Onneksi taulu ei ollut täynnä. Silloin olisin joutunut taas pimeään, koneen uumeniin. Nyt pääsen seuraamaan baarin tapahtumia aitiopaikalta.

Pajatson aaria

Se kyllä pitää sanoa, että tässä kylässä on huonoja pajatsonpelaajia. Jyväjemmarit käyvät baarissa kahvittelemassa ja siinä sivussa lyövät markan tai kaksi pajatsoon. Kukaan ei voita koskaan mitään.

Poikkeus on eräs Jaska, tyhjäntoimittaja, joka käy päivittäin lyömässä itselleen voiton tai kaksi ja menee sen jälkeen tuhlaamaan voittonsa viereiseen krouviin. Näiden voittojen ansiosta valun päivä päivältä alemmas pajatson taulussa ja se hetki lähestyy, jolloin kolahdan koneen voittokaukaloon. Todennäköisesti kohtalonani on joutua Jaskan kaljarahoiksi. Rukoilen mielessäni, että ihme tapahtuisi ja näin ei kävisi. En haluaisi joutua puolialkoholisoituneen hampuusin paheen ylläpitäjäksi.

Meidän tehtävämme taulussa on houkutella pelaajia. "Katsokaa, olemme tässä ihan tyrkyllä. Lyö vain kolikko ja voitat meidät", huudamme. Yritän näyttää potentiaalisille pelaajille parhaat puoleni, vaikka se on vaikeaa. Olen nimittäin taulussa klaavapuoli esillä, eikä se ole yhtä edustava kuin kruunapuoleni.

Tämän baarin myyjätyttö on kylläkin söpö. Hänellä on pitkät vaaleat hiukset, jotka lainehtivat hänen olkapäillään, ja otsalla sellainen hiuksista muotoiltu torttu, joka on nyt muodissa. Usein hän on pukeutunut vaaleaan kukkamekkoon. Asu kuin asu, ne korostavat aina hänen vyötäröään, joka on kapea. Ja ne kädet! Ne ovat sirot, sormet ovat pitkät ja ohuet, ja pitkät kynnet on lakattu huolellisesti punaisiksi. Joutohetkinäni unelmoin, että pääsisin noiden sormien käsittelyyn, edes siksi lyhyeksi hetkeksi, jona tyttö siirtäisi minut asiakkaan kädestä kassakoneeseensa.

En kylläkään tiedä, voiko tätä pajatsotyrkyn kohtaloa pitää edistysaskeleena urallani. Ennen Raipen perstaskuun joutumista vietin nimittäin pari vuotta vanhainkodissa, mummeleiden marjapussiringin panoksena. Kiersin mummelilta toiselle, ja yhä uudelleen ja uudelleen minut laitettiin peliin. Vaihtelua elämääni toivat satunnaiset vierailut vanhainkodin kanttiinin kassakoneessa.

Mummeleiden kolikkopussit ovat miellyttäviä paikkoja. Mikäs siellä käsilaukussa oli oleillessa nitropurkin ja kamman välissä. Aivan toista kuin Raipen perstaskussa.

Sitten eräs mummeleista antoi minut lapsenlapsenlapselleen, joka osti minulla merkkareita. Karkkikaupasta jouduin eräälle perheenäidille, ja sieltä Raipelle, joka oli torilla myymässä perunoita. Loput te tiedättekin.

Finale

Olen valunut taulussa jo niin alas, että tarvitaan enää kaksi päävoittoa ja tipun voittokaukaloon. Jaska on taas pelaamassa. Hän on jo ottanut useita pikkuvoittoja, mutta yhä vaan hän jatkaa pelaamista. Liekö sosiaaliviranomaiset niskassa vai mikä järkytys on käynyt, kun tänään tarvitaan tavallista enemmän kaljarahoja.

Jaska lyö päävoiton. Kolikot kilisevät laariin. En putoa vielä, mutta tarvitaan enää yksi päävoitto ja olen Jaskan kaljaraha.

"Äläpä Jaska lyö pajatsoa tyhjäksi", eräs kahvittelemassa ollut isäntä huikkaa, "jätä voittoja muillekin."

Kukaan muu ei koskaan voita, joten asialla ei oikeastaan ole merkitystä. Ilmeisesti häviävätkin pelaajat tarvitsevat edes teoreettisen voitonmahdollisuuden, että kiinnostus säilyisi.

Jaska ei välitä kommentista, vaan poimii kaukalosta markan kolikon uutta lyöntiä varten. Tällöin isäntä nousee pöydästään, lähestyy Jaskaa ja sanoo käskevään sävyyn: "Menepä Jaska siitä krouvin puolelle, kun kuitenkin kaljaa haluat. Nuo pajatsorahat eivät ole sinun yksityisomaisuuttasi."

Jaska säikähtää ja poistuu baarista. Pelastuin! Isäntä palaa pöytäänsä hitain, varmoin askelin.

Eipä aikaakaan, kun Esson pihaan kurvaa bemari. Bemarista astuu ulos juppi rasvalla taakse kammattuine hiuksineen, raybaneineen ja pikkutakkeineen. Hän kävelee sisälle baariin.

Baarissa juppi heittää myyjätyttöön merkitsevän katseen ja kohottaa hiukan raybanejaan. Myyjätyttö punastelee kassakoneen takana ja hihittää hermostuneesti. Selvästi rakkautta ilmassa.

Leveästi juppi kävelee pajatson luo ja lyö markan kolikon koneeseen rehvakkaasti. Se kimpoilee taulussa aikansa ja putoaa päävoittoporttiin. Nyt oli kyllä pelissä enemmän tuuria kuin taitoa. Putoan voittolaariin. Parempi kai on olla jupin perstaskussa kuin jyväjemmarin. Jupin housut ovat sentään tyköistuvat.

Juppi kahmaisee voittorahat kouraansa ja kävelee kahvilan kassalle: "Nuo mansikkaviinerit näyttävät herkullisilta. Tuollaisia puoliksi hilloontuneita mansikoita. Pistäpä tyttö yksi sellainen ja iso kahvi."

"Tulee heti", myyjätyttö vastaa. Vaikka en jupin kourasta näekään tytön kasvoja, voin kuulla punastelun hänen äänessään.

Juppi poimii kourastaan kolikoita maksuksi, ja - voi tätä riemua - hän poimii minut. Pääsen kohta myyjätytön ihaniin sormiin ohikiitäväksi hetkeksi, kun hän laittaa minut kassakoneeseen. Tätä hetkeä olen odottanut siitä lähtien kun putosin pajatson tauluun. Kassakoneesta joudun ehkä taas jonkun jyväjemmarin perstaskuun, mutta en huolehdi siitä nyt. Se on kaukaista tulevaisuutta. Nyt minulle ei ole olemassa muuta kuin tämä hetki ja myyjätytön sirot sormet sekä ihanan punaiset kynnet.

Jätä yksi kortti hihaan

Jarkko oli yksinäinen. Lievittääkseen yksinäisyyttään hän oli päättänyt elvyttää vanhan harrastuksensa, canastan. Hän oli alkanut käymään canastakerholla. Hän oli käynyt pari kertaa ja havainnut, kuinka paljon oppimista hänellä oli. Hän oli hävinnyt suurimman osan peleistään. Parhaillaan hän oli bussipysäkillä, matkalla kerhosta kotiin.

"Jätä yksi kortti hihaan."

Jarkko hätkähti kuultuaan nämä sanat. Makkonen, kerhon mestaripelaaja oli lausunut ne.

"Anteeksi?" Jarkko ihmetteli.

"Muut hihaan jemmatut kortit voi pelata", Makkonen sanoi, "mutta kunnon korttihai jättää aina yhden kortin hihaan."

Jarkko kauhistui. Korttien jemmaaminen hihaan oli huijaamista, ja Jarkko oli luullut pelavansa rehellisellä canastakerholla.

"Minä en huijaa", Jarkko sanoi.

"Olen seurannut peliäsi", Makkonen sanoi. "Sinulla on strategiantajua, mutta se valuu hukkaan, jos et jemmaa kortteja hihaan."

Bussi tuli. "Kiitos neuvosta", Jarkko sanoi noustessaan bussiin. Tuolle kerholle hän ei enää palaisi.

"En tahtois ma touhuun ihmisten", Jarkko mietti bussissa, "ja en tahtoisi yksin olla." Hän oli mennyt alun perin canastakerholle saadakseen sosiaalisia kohtakteja edes joihinkin ihmisiin, ja ensimmäinen ihminen joka oli tullut puhumaan hänelle oli paljastunut huijariksi.

Mestarien mestari

Tervetuloa kortteeriini, kuningatar Kalistana. Kosin sinua erityisestä syystä. Tiedän, että olet omapäinen etkä alistu muiden oikkuihin. Siksi isälläsi, Takystanin kuninkaalla on ollut vaikeuksia naittaa sinua. Minä tervehdin tätä piirrettäsi ilolla. Latverian kuninkaana osani on suhteellisen miellyttävä. Alamaiseni täyttävät pienimmätkin toiveeni, ja saan järjestää Latverian yhteiskunnan kuten haluan. Hallitsen itsevaltaisesti. Vain suurin toiveeni ei ole toteutunut: Tahdon voittaa shakkipelin.

Kyllähän alamaiseni pelaavat käskystäni shakkia kanssani niin paljon kuin haluan, mutta he antavat minun voittaa. Näin peli ei ole koskaan todellinen kamppailu, eikä sen voittokaan ole todellinen voitto. Todellinen voitto ansaitaan, sitä ei saada lahjana. Todellisessa pelissä kumpikin tekee parhaansa voittaakseen, ja paremmin pelaava voittaa. Vain todellisessa pelissä ansaittu voitto on todellinen voitto, ja vasta häviön mahdollisuus tekee voitosta arvokkaan.

Voitin kerran Latverian mestaruusturnauksen voittajan ja Latverian shakkiliitto myönsi minulle Mestarien mestarin arvonimen. Silti olen vain keskinkertainen pelaaja, jos sitäkään. Pelissä kehittyminen vaatisi todellisia pelejä, ei huvitukseksi järjestettyjä sopupelejä. Se vaatisi sitä, että virheistäni rangaistaisiin häviöllä.

Alamaisuutta hallitsijaansa kohtaan on iskostettu latverialaisten mieliin sukupolvien ajan. Siksi heille on mahdoton ajatus, että he päihittäisivät kuninkaansa. Olen käskenyt heitä pelaamaan minua vastaan tehden parhaansa voittaakseen, mutta se on johtanut vain siihen, että he esittävät pelaavansa vakavissaan, kurtistelevat kulmiaan muka miettiessään siirtojaan ja esittävät harmistunutta hävitessään. Kerran sanoin eräälle mestaritason pelaajalle seivästäväni hänet, jos hän ei voita minua. Lopputulos oli se, että hän hermoili koko pelin ajan. Yhtäältä hän koki tarvetta hävitä, toisaalta kuolemanpelkoa, ja ristiriita sai hänet pelaamaan kammottavan huonosti. Voitin pelin leikiten.

Rakas Kalistana, ennen kuin antaudumme hääyön iloihin, minulla on sinulle pieni toive. Tiedän, että osaat pelata shakkia hyvin ja tiedän, että luonteeltasi kammoat häviötä ja alistumista. Tässä on shakkilauta. Tee parhaasi voittaaksesi minut. Jos onnistut, sitä parempi.

Moraalinen

Oli perjantai-iltapäivä yliopiston matematiikanlaitoksen opiskelija-huoneessa. Luennot olivat siltä viikolta ohi, ja opiskelijat tappoivat aikaa ennen baariin lähtemistä.

"Onks kukaan lukenut Recreational Mathematicsin uusinta numeroa?" Juha kysyi.

Kaikki pudistelivat päätään.

"Siinä oli juttu kahden hengen lautapelistä nimeltä Hex", Juha jatkoi. "Hexiä pelataan heksaruudukolla, ja siirto on uuden omanvärisen nappulan laittaminen johonkin vapaaseen heksaan. Se pelaaja voittaa, joka saa omanvärisensä laudan sivut yhdistettyä omista nappuloista koostuvalla yhtenäisellä nappulaketjulla. Siinä koko peli. Voidaan todistaa esimerkiksi, että peli ei voi päättyä tasapeliin."

"Joo, mä olen pelannut tota verkossa", Lauri vastasi.

Juha piti Lauria huithapelina. He menestyivät yhtä hyvin opinnoissa, mutta siinä missä Juha osallistui tunnollisesti luennoille ja laskuharjoitusryhmiin, Lauri maleksi päivät pitkät opiskelijahuoneessa ja suoritti kurssit loppukokeilla. Lisäksi Lauri oli ylimielinen ja piti itseään niin lahjakkaana ettei hänen tarvinnut opiskella.

"Pelataanko?" Juha kysyi.

"Nyt?" Lauri kysyi takaisin.

"Joo", Juha sanoi. "Mulla on lauta ja nappulat repussa."

"Ooksä koskaan ennen pelannut?" Lauri kysyi.

"En", Juha vastasi.

"Sit mä voitan", Lauri sanoi. "Mut pelataan vaan."
Juha ajatteli, että sama ylimielinen asenne jatkui. Tuo asenne saisi Laurin sortumaan omaan näppäryyteensä.

Juha kaivoi repustaan kartongista itsetehdyt laudan ja nappulat. Juha oli huolellinen ja pikkutarkka ihminen, joten pelivälineet näyttivät kuin kaupasta ostetuilta.

Peli alkoi. Juha pohti ja harkitsi huolellisesti jokaista siirtoaan. Lauri sen sijaan vastaili Juhan siirtoihin nopeasti. Se ärsytti Juhaa. "Eikö tuo paneudu peliin yhtään", Juha ajatteli. Molemmat Laurin paheet, huithapelisuus ja ylimielisyys näkyivät tässäkin. Juha ajatteli, ettei tuollainen ihminen mitenkään pysty voittamaan peliä.

Peli eteni tasaväkisesti, kunnes päädyttiin pelaamaan tikapuuta, siirtosarjaa, jossa kaikki siirrot olivat ilmeisiä. Välittömän tappion välttämiseksi Juhan piti tehdä tikapuusiirrot, mutta Lauri olisi voinut lopettaa tikapuun pelaamisen milloin tahansa. Juha oli laskenut ennen kuin oli päätynyt pelaamaan tikapuusiirtosarjaa, että jos siirtosarja pelataan loppuun saakka, Juha voittaa pelin. Siitä huolimatta Lauri paukutti itsevarmasti siirtosarjaa menemään. "Tää ei toimi sille", Juha ajatteli. "Nyt se sortui omaan ylimielisyyteensä."

Kesken tikapuun pelaamisen Lauri pelasikin yhden nappulan muualle, lähelle paikkaa, jonne tikapuusiirtosarjan viimeiset siirrot tultaisiin pelaamaan. Siirto yllätti Juhan, ja hän katsoi parhaaksi tehdä vastaussiirron. Sen jälkeen Lauri palasi paukuttamaan tikapuusiirtosarjaa.

Silloin Juha tajusi, että tuo välissä pelattu siirto oli muuttanut tilannetta niin, että jos tikapuusiirtosarja pelattaisiin loppuun, Lauri voittaisi pelin. Juha ei voinut muuta kuin luovuttaa ja myöntää hävinnensä pelin.

"Sä et taida hallita tikapuunrikkojia?" Lauri kysyi. "Nettipeleissä ne ovat peruskauraa."

Tikapuunrikkojat olivat Juhalle uusi asia, mutta hän tajusi kuin salamaniskusta, etteivät ne olleet pelin tärkein opetus. Tärkein opetus oli se, että moraalisella paremmuudella ei ole paskankaan väliä, jos substanssiosaaminen ei ole kunnossa.

Skruuvimestari

Keväällä 2045 oli kulunut sata vuotta siitä, kun Saksa liittolaisineen oli voittanut Ratkaisevan Sodan ja lyönyt bolsevismin lopullisesti. Lyötyään samassa sodassa myös Iso-Britannian Saksa oli noussut johtavaksi siirtomaavallaksi.

Saksalaisten aseveljinä myös Suomi oli kuulunut sodan voittajiin, ja Saksan kumppanuutensa ansiosta Suomi oli saanut sodan jälkeen osansa entisistä brittiläisen imperiumin siirtomaista. Vuonna 2045 hallitsivatkin Saksa, Italia, Japani ja Suomi sulassa sovussa kukin omia alueitaan Maapallosta.

Jos vasemmistopuolueet olisivat saaneet jatkaa Suomen politiikassa, ero työväenluokan ja keskiluokan välillä olisi ehkä aikaa myöten hämärtynyt, mutta välittömästi sodan jälkeen vasemmistopuolueet sosialidemokraatteja myöten oltiin Suomessa kielletty epäisänmaallisina, ja kielto on jatkunut tähän päivään saakka. Eron hämärtyminen työväenluokan ja keskiluokan välillä olisi ehkä tappanut myös Suomessa suosituimman ylemmän keskiluokan huvituksen, skruuvipelin.

Ero työväenluokan ja keskiluokan välillä ei kuitenkaan ollut hämärtynyt, ja keväällä 2045 oli skruuvi Suomen ylemmän keskiluokan ja yläluokan keskuudessa suositumpaa kuin koskaan.

"Olen ajatellut vetäytyä eläkkeelle Ceylonin kuvernöörin virastani", kenraali Holmström sanoi ja siemaisi cognacistaan.

Eversti Hietalan silmät alkoivat loistaa. Nuoresta iästään huoli-

84

matta hän oli saavuttanut jo esiupseerin arvon, ja hänen mielessään hänen etenemismahdollisuutensa olivat rajattomat.

"Ketä olette ajatelleet ehdottaa seuraajaksenne?" hän kysyi.

"En ole vielä päättänyt", Holmström vastasi.

"Suositelkaa minua", Hietala ehdotti ja otti hörpyn whiskylasistaan. "Olen saavuttanut menestystä taistelukentällä, ja virassani Karjalan ja Kuolan kuvernöörin oikeana kätenä olen saanut kokemusta hallinnollisista tehtävistä."

"En ole varma", Holmström sanoi. "Terävä te kyllä olette, ja sotataktiikan mestari, mutta puhutaan, että yhteistyötaidoissanne on parantamisen varaa."

"Ehkä virkaan tarvittaisiin joku kokeneempi", kenraaliluutnantti Purma puuttui keskusteluun.

"Antakaa minulle mahdollisuus osoittaa yhteistyötaitoni", Hietala vastasi. "Olen varma, että osoittaudun luottamuksenne arvoiseksi."

"Mikähän olisi sopiva testi", Purma alkoi miettimään.

"Hyvä on, Hietala, saatte mahdollisuuden", Holmström vastasi. "Jos valitsemanne partnerin kanssa voitatte minut ja vaimoni skruuvissa, suosittelen teitä."

Skruuvi on korttipeli, jossa kaksi kaksimiehistä joukkuetta kilpailee vastakkain. Joukkuetoverit eivät näe toistensa käsikortteja, eivätkä he saa viestiä pelitaktiikoista keskenään - peliin kuuluvia maalauksia lukuunottamatta - puheella, eleillä tai muilla sellaisilla seikoilla. Sitä vastoin maalauksilla ja muilla pelisiirroilla saa ja pitääkin joukkuetoverilleen viestiä, ja menestyksekäs yhteispeli vaatiikin, että joukkuetoverit saavat saatettua toistensa tietoisuuteen tärkeimmät seikat käsikorteistaan.

"Siinäpä vasta mainio testi!" Purma huudahti ja pudotti innoissaan sikarintuhkaa lattialle. "Skruuvissa menestyminen vaatii saumatonta yhteispeliä joukkuetovereiden välillä."

"Voi, tuhannesti kiitoksia mahdollisuudesta", Hietala huoahti. "Milloin ottelu järjestetään?"

"Lyödään lukkoon päivä kuuden viikon päästä lauantaina", Holmström sanoi. Hänen äänessään oli isällinen sävy tätä nuorta

kykyä kohtaan, joka pyrki hänen suojatikseen.
"Selvän teki", Hietala vastasi. "Paras mies voittakoon."
"Tästä tulee mielenkiintoista", Purma sanoi. "Huolehdin, että
näin erikoislaatuinen ottelu esitetään näköradiossa. Onhan pelissä
sentään Ceylonin kuvernöörin vakanssi."
Hietalan mielessä kaiversi kaikesta huolimatta epäilys. Hän oli
saanut pyytämänsä mahdollisuuden, mutta sen käyttäminen ei olisi
helppoa. Holmström tunnettiin juonikkaana skruuvinpelaajana, ja
olipa hän jonain vuonna saavuttanut vaimonsa kanssa sekaparien
Suomen mestaruudenkin. Ei Hietala itsekään ollut skruuvinpe-
laajana mikään "eilisen teeren poika". Monena vuonna hän oli
ollut Karjalan varuskunnan upseerikerhon mestari, mutta suo-
menmestaruustason saavutuksista hän pystyi vain haaveilemaan.
Voittaakseen Holmströmin hänen pitäisi keksiä jotain ainutlaatuista.

Keskustelua seuranneena päivänä oli Hietala välittömästi alkanut lu-
kea skruuvia koskevaa aineistoa tarkoituksenaan löytää jotain, jol-
la lyödä Holmström ratkaisevassa ottelussa. Hän oli lukenut skruu-
vin historiikkeja, strategiaoppaita ja jopa yhden mestaripelaajan
elämänkerran. Uppouduttuaan skruuviin kaksi viikkoa hän oli vih-
doin löytänyt skruuvin virallisista säännöistä vähemmän tunnetun
kohdan, joka saattaisi mahdollistaa voiton.
Koska skruuvissa maalauksilla ja muilla pelisiirroilla viestitään
joukkuetoverille, olikin eri maalauksille vakiintunut merkitykset. Jos
esimerkiksi maalasitte yksi hertta, viesti se, että teillä on sellaisia ja
sellaisia kortteja kädessänne. Nämä merkitykset muodostivat ikään
kuin kielen. Merkitykset olivat vakiintuneita, ja pelaajat suhtautui-
vatkin vakiintuneisiin merkityksiin osana skruuvipelia eivätkä ky-
seenalaistaneet niitä.
Hietala oli nyt löytänyt virallisista säännöistä vähän tunnetun
kohdan, jonka mukaan joukkue sai sopia maalauksille ja muille peli-
siirroille omat merkityksensä, kunhan selitti vastustajille oman vies-
tintäjärjestelmänsä ennen pelin alkua.
Hietala oli aina ihmetellyt, miksi maalausten merkitykset oltiin
laadittu niin, että ne johtivat hyvin varovaisiin peleihin. Jos pelik-

si merkitysjärjestelmän mukaan maalattiin lopuksi esimerkiksi viisi grandissimo, olivat pelaajien kortit sellaiset, että viiden grandissimon peli saatiin hyvin suurella todennäköisyydellä pelattua kotiin. Jos Hietala kehittäisi joukkuelleen uuden merkitysjärjestelmän, joka rohkaisi riskinottoon, olisi hänellä mahdollisuus. Uusi järjestelmä ei takaisi voittoa, riskinotossa oli aina mahdollisuus epäonnistua, mutta se antaisi yli viidenkymmenen prosentin todennököisyyden lyödä Holmström ja hänen vaimonsa. Hietalalla olisi neljä viikkoa aikaa kehittää järjestelmä, ja se riittäisi juuri ja juuri. Hietala oli miettinyt, kenet hän ottaisi joukkuetoverikseen. Tärkein joukkuetoverilta vaadittu ominaisuus oli nopeaälyisyys, pitihän tämän pystyä omaksumaan Hietalan uusi järjestelmä parissa päivässä. Hietala kävi mielessään alaisiaan läpi ja päätti, että luutnantti Männistö oli oikea mies. Hänen älynsä oli partaveitsenterävä, ja hän oli sotilasuransa ohella suorittanut matematiikan opintoja Viipurin yliopistossa. Männistö tunnettiin myös kylmähermoisena miehenä, joka ei "vähästä hetkahda".

Tutustuessaan skruuvin historiaan oli Hietala tehnyt myös toisen järkyttävän havainnon, mutta siihen palaamme hiukan myöhemmin.

Ottelupäivänä puoleltapäivin kokoontui seurue Holmströmin kesäasunnon salongissa. Näköradiomiehet olivat aamusta asti viritelleet laitteitaan. Seurueessa olivat kenraali Holmström ja hänen vaimonsa Gunhild, joka oli pukeutunut vihreään pusakkaan, vihreään hameeseen ja pillerihattun. Heitä vastaan pelaisivat paikalle ajoissa saapuneet eversti Hietala ja luutnantti Männistö. Tuomarina toimisi kenraaliluutnantti Purma, joka ainakin tällä hetkellä vaikutti kiinnostuneemmalta näköradiomiesten laitteista.

Seurue istuutui pöydän ääreen, ja asianmukaisten onnentoivotusten jälkeen ojensivat Hietala ja Männistö Holmströmille ja hänen vaimolleen vihkoset.

"Jaahas, mikäs kirjanen tämä on?" Holmström kysyi.

"Siinä kuvataan meidän joukkueemme käyttämät merkitykset maalauksille ja muille pelisiirroille", Hietala valisti.

"Emmeköhän me merkitykset tunne ilman apulappujakin",

Holmstöm vastasi.

"Ette näitä", Hietala sanoi. "Kehitimme uuden merkitysjärjestelmän."

"Skruuviahan meidän oli tarkoitus pelata, skruuvin merkitysjärjestelmällä", Holmström vastasi, "eikä mitään kotikutoista kehitelmää."

"Skruuvin virallisten sääntöjen mukaan pelaammekin!" Hietala vastasi. "Niiden mukaan joukue saa vapaasti valita käyttämänsä merkitysjärjestelmän, kunhan selittää sen vastustajille ennen pelin alkua."

"Purma tänne", Holmström huusi.

Kun tilanne oltiin selitetty tuomarille, tämäkin joutui myöntämään, ettei ollut kuullutkaan säännöstä, jonka mukaan käyttämänsä merkitysjärjestelmän sai joukkue valita vapaasti. Asia tarkastettiin skruuvin virallisista säännöistä (sivulta 731, kolmannesta kappaleesta, kuten Hietala opasti), ja muut joutuivat myöntämään Hietalan olevan oikeassa.

"Entäs me sitten", Holmström kysyi, "pitääkö meidänkin käyttää Hietalan järjestelmää?"

"Saatte valita oman järjestelmänne vapaasti", Hietala sanoi, "ja valinnette perinteiset merkitykset."

"Niin teemme", Holmström sanoi. "Vanhassa vara parempi."

Holmström avasi vihkosen.

"Katsotaanpa", hän sanoi. "Hmm... Avausmaalaus yksi ruutu lupaa viisi arvotikkiä. Mitä tämäkin tarkoittaa?"

"Arvotikit on selitetty edellisellä sivulla", Hietala valisti.

Holmström käänsi sivua ja luki: "Ässä on yksi arvotikki. Ässäkuningas on kaksi arvotikkiä. Ässä-kuningas-rouva on kolme arvotikkiä. Keille Afrikan neekereille tämä on oikein kirjoitettu? Eihän tästä rehti suomalainen mies ota mitään selkoa."

Hietala selitti kärsivällisesti Holmströmille ja hänen vaimolleen, kuinka vihkosta pitää lukea. Gunhild sai "jutun juonesta" nopeasti kiinni, ja hän täydensikin Hietalan selityksiä aviomiehelleen. Ei Holmström itsekään kovapäinen ollut. Nopeasti he oppivat Hietalan muistiinpanoja tulkitsemaan, ja peli saattoi alkaa.

Ensimmäisessä jaossa Männistö maalasi lopulta kahdeksan pata, ja sitä pelattiin. Peli ei kuitenkaan tullut kotiin. Hietalan ja Männistön kahdeksan padan sitoumus jäi kaksi tikkiä vajaaksi, ja pisteet "ropisivat" Holmströmien joukkueelle.

"Taitaa tuo Hietalan järjestelmä jäädä kokeiluksi", Holmström totesi. "Eiköhän aloiteta peli alusta oikealla skruuvin järjestelmällä. Kumpikin joukkue alkaisi puhtaalta pöydältä."

"Ei sovi", sanoi Hietala. "Vaikka järjestelmällämme tuleekin takkin joskus, todennäköisyyksien mukaan jäämme pitkällä aikavälillä voitolle."

"Hasardipeliksi koko jalo skruuvipeli mennyt", Holmström tuhahti.

Seuraavassa jaossa Hietala maalasi yhdeksän grandissimo Männistön kahden padan avauksen jälkeen. Kuin ihmeen kaupalla Hietala ja Männistö pelasivat kotipelin ja saivat kunnon pistepotin. He siirtyivät johtoon.

"Tehän pelaatte holtittomasti kuin slaavilaiset ali-ihmiset", Holmström tuhahti. "Jos teillä ei olisi ollut neiti Fortuna puolellanne, olisitte miinuksella ja rutkasti!"

"Itse asiassa skruuvi on venäläisten alun perin kehittämä peli", Hietala vastasi. "Se selvisi minulle kun tätä ottelua varten perehdyin kaikkeen skruuviin liittyvään."

"Ja tämä mies väittää, että ryssä on kehittänyt Suomen ikiaikaisen ylpeyden, skruuvipelin!" Holmström tuhahti.

"Pelin alkumuoto nimeltä vint tuli Venäjältä Suomeen 150 vuotta sitten", Hietala vastasi, "mutta 150 vuoden suomalaisen historiansa aikana peli on kehittynyt huimasti."

"Seuraavaksi tuo mies varmaan väittää, että myös 80 kortin skruuvipakka on slaavilainen keksintö", Holmström jyrähti.

"Se on suomalainen keksintö", Hietala vastasi. "Alun perin skruuvia pelattiin tavallisella 52 kortin pakalla. 80 kortin pakka otettiin käyttöön noin 85 vuotta sitten."

Seuraavassa jaossa Hietala avasi yksi risti. Rouva Holmström teki loppumaalauksen seitsemän grandissimo, mutta tiukan pelin jälkeen kotipeliä ei tullut. Hietalan puoli sai muutaman pisteen.

"Ristikorttienhan piti olla Hietalalla", kenraali Holmström tuhahti. "Teidän vihkonne mukaan avaus yksi risti tarkoittaa vähintään seitsemää ristikorttia kädessä. Teillä taitaa olla salaisia sopimuksia, ja jos olisitte pelanneet rehdisti, olisimme saaneet kotipelin."

"Säännöt tosiaan kieltävät salaiset sopimukset, vihkoa tai ei", Purma totesi. "Omassa järjestelmässä on pysyttävä. Olen näiden jakojen aikana lukenut nämä sääntökohdat tarkkaan."

"Katsokaapa sitä vihkoa tarkemmin", Hietala sanoi. "Avausmaalaus yksi risti lupaa seitsemän ristikorttia tai kymmenen arvotikkiä tai kymmenen patakorttia. Minulla oli kymmenen patakorttia."

"Ah, se olikin tuossa seuraavalla rivillä", Holmström tuhahti tarkistettuaan vihkosta.

Peli jatkui samaan tapaan. Kumpikin puoli sai pisteitä vuorollaan. Ennen viimeistä, ratkaisevaa jakoa Holmströmit olivat noin kaksikymmentätuhatta pistettä johdossa. Yhteispeli Hietalan ja Männistön kesken oli sujunut mallikelpoisesti, ja uusi järjestelmäkin oli monessa kohdassa näyttänyt kyntensä, mutta korttionni oli ollut Holmströmien puolella. Hietalan puolen olisi viimeisessä jaossa saatava kymmenen korkuinen sitoumus kotipeliksi voittaakseen.

Kun kortit oltiin jaettu, Hietala nosti omansa käteensä. Lähes kaikki korkeat kortit olivat hänellä, lukuunottamatta herttamaata, josta hänellä oli vain pieniä kortteja. Hietala teki avausmaalauksen kahdeksan grandissimo. Vanhan järjestelmän mukaan maalaus olisi vaatinut korkeita kortteja joka maassa, mutta Hietalan uudessa järjestelmässä sen sai maalata, kun oli korkeita kortteja kolmessa maassa. Kotipeliä ei grandissimossa tosin saataisi, jos ei joukkuetoverilla olisi puuttuvan maan korkeita kortteja.

Hietala odotti Männistön maalausta jännittyneenä. Lopulta maalasi Männistö yhdeksän hertta. Lady Fortuna oli todellakin tällä kertaa heidän puolellaan. Männistöllä oli kuin olikin herttaässä. Hietala maalasi välittömästi kymmenen grandissimo, ja peli meni kuin leikiten kotiin. Hietala ja Männistö voittivat ottelun.

"Olen sanani mittainen mies", Holmström sanoi. "Suosittelen teitä, Hietala, seuraajakseni Ceylonin kuvernöörin virkaan. Mutta jalo skruuvipeli ei voi jatkua tuollaisten holtittomien hottentottimaalausten kera. Heti huomenna otan yhteyttä skruuvin sääntökomiteaan ja ehdotan, että sääntö, jonka mukaan joukkue saa vapaasti valita käyttämänsä merkitysjärjestelmän täytyy poistaa. Sääntö lieneekin vain jonkunlainen jäänne, joka on unohtunut sääntöihin jostain ikivanhasta versiosta."

Hiljainen luottamus

Kaksi henkilöä istui kapakassa kasvotusten. Heidän välissään olevalla matalalla sohvapöydällä oli pelilauta. Pelaajat istuivat hiukan kumartuneina niin, että he ylettivät laudalle kunnolla. Asento oli hankala, mutta pelaajat olivat lakanneet kiinnittämästä siihen huomiota jo parin pelisiirron jälkeen.

Sohvapöydällä oli myös avattu tupakka-aski, josta pelaajat ottivat uuden savukkeen silloin tällöin. Se, kummalle aski oli alun perin kuulunut, oli menettänyt merkityksensä kauan sitten. Pelaajilla oli vieressään myös oluttuopit. Ne olivat pelaajien ensimmäiset. Tai ehkä toiset, mutta eivät kuitenkaan niin monennet, että humalatila olisi vaikeuttanut peliin keskittymistä. Kumpikin pelaaja otti pelin vakavasti.

Satunnaisen ohikulkijan silmin pelinappulat näyttivät sijaitsivan laudalla hujan hajan, vaikka todellisuus oli aivan toista. Nappuloiden paikkojen merkitykset olivatkin salaisuus, jonka pelaajat jakoivat keskenään. Pelaajien silmissä ne muodostivat hyökkäysmahdollisuuksia, puolustustarpeita, uhkia, vastauhkia ja niin edelleen.

Pelaajat istuivat hiljaa, ja aina välillä toinen pelaajista asetti pelinappulan laudalle. Siirto oli vastaus haasteeseen, jonka toinen pelaaja oli asettanut. Paitsi että siirto oli vastaus haasteeseen, se myös asetti vastustajalle uuden haasteen: "Keksitkö, mikä on paras vastaus tähän siirtoon?"

Pelaajien kesken vallitsi täydellinen luottamus. Kumpikin teki parhaansa voittaakseen ja kumpikin luotti siihen, että toinen teki parhaansa voittaakseen. Tämä luottamus teki haasteista mielekkäitä. Kun he asettivat siirrollaan haasteen, he tiesivät, että toinen suhtautui haasteeseen vakavasti.

Pelaajat miettivät monia siirtoja kauan, mutta aika-ajoin pelaajat pelasivat sarjan siirtoja nopeasti. Tällöin siirrot olivat itsestään selviä, eikä niitä tarvinnut miettiä. Pelaajat olivat sen verran kokeneita, että heidän välillään vallitsi yksimielisyys siitä, mitä siirtoja ei tarvinnut miettiä. Siirrot, joihin vastattiin nopeasti, eivät olleet haasteita. Tässä tapauksessa haaste olikin asetettu aiemmin: Kannattaako tähän siirtosarjaan lähteä mukaan? Sarjan jälkeen palattiin taas verkkaiseen pelirytmiin.

Lopulta toinen pelaajista sanoi: "Minä luovutan." Pelilaudan asema oli kehittynyt sellaiseksi, että kumpikin pelaajista tiesi, ettei luovuttaneella pelaajalla ollut enää mahdollisuutta voittaa. Voittoon pyrkimisen mahdollistamat haasteet olivat muuttuneet niin, että luovuttaneen pelaajan oli mahdotonta ratkaista niitä, ja ne olivat liian helppoja toiselle pelaajalle. Toinen pelaaja vastasi: "Kiitos". Kumpikin tiesi, että hän kiitti pelistä, ei luovuttamisesta. Luovuttanut pelaaja vastasi: "Kiitos."

Tässä vaiheessa pelaajien tavoitteissa tapahtui muutos: Se, mikä oli pelin aikana ollut kummallekin kaikki kaikessa, voittaminen, oli pelin loputtua menettänyt täysin merkityksensä. Pelaajien hiljaisuus vaihtui iloiseen pulinaan, kun he kävivät pelin aikana syntyneitä tilanteita läpi laudalla ja ehdottelivat toisilleen, kuinka noissa tilanteissa olisi voinut pelata.

93

Osa IV

Raapaleita

Joanne Gray

Joanne Gray oli muiden hienojen leidien kanssa pelaamassa bridgeä. Siinä sivussa juoruiltiin, ja Sarah sanoi: "Oletteko nähneet Suthcliffejen uutta puutarhuria?" "Ihan hirveä mies", Joanne sanoi. "Röyhtäilee koko ajan." "Oletteko kuulleet?" Rebecca sanoi. "Cardiffin isännän on nähty suutelevan piikaansa." "Ties mitä muuta ovat tehneet", Sarah kuiskasi. "Hyi sinua", Joanne sanoi. "Älä edes vihjaile tuollaisilla. Ne asiat eivät sovi hienon leidin suuhun."

Bridgeillasta poistuttuaan Joanne riisui korkeakauluksisen mekkonsa. Alta paljastui ihonmyötäiset trikoot, jotka jättivät hyvin vähän arvailujen varaan. Rinnassa oli tyylitelty P-kirjain. Joanne Gray oli vain hänen alter egonsa. Hän päästi mojovan pierun ja nousi pierun työntövoimalla lentoon. Oikeasti hän oli Peräsnainen.

Temppeli

Tikre istui alttarin vierassa mutustelemassa lounastaan, joka koostui lihasta ja leivästä. Aterian jälkeen lounastaukoa olisi sen verran jäljellä, että hän ehtisi ottaa vielä erän patikia, työläisten suosimaa lautapeliä. Aamupäivän Tikre oli kiinnittänyt jumalpatsaita paikoilleen. Iltapäivällä jäljellä olisi enää lattialistojen maalaus. Sitten temppeli olisi valmis.

Seuraavana päivänä papit saapuisivat vihkimään temppelin käyttöön. Sen jälkeen alttarin ympäristö olisi pelkästään papeille pyhitettyä aluetta, jonne muut eivät saisi jalallaan astua.

Tikre mietti, kuinka kumma voima pappien lauluilla, sanoilla ja suitsukkeella oli. Nyt hänen istumapaikkansa oli tavallista tilaa, jossa voi rakennustyöläinenkin syödä ja pelata lautapeliä, mutta seuraavasta päivästä eteenpäin tämä tila olisi häneltä kiellettyä aluetta.

Paholaisen pakka

"Nyt jätkä tai hertta", äiti sanoi.
"Mä pelaan tän jätkän", neljävuotias Suvi sanoi. "Mikä tän maan nimi on?"
"Se on pata", viisivuotias Risto vastasi.
Uno-korttien kadottua äiti oli alkanut pelaamaan lastensa kanssa seiskaa. Se oli säännöiltään käytännössä sama peli kuin Uno, sitä vain pelattiin oikeilla pelikorteilla. Äiti ajatteli, että seuraavaksi hän opettaisi lapset pelaamaan katkoa.

Paholainen katsoi peliä mielissään. Hän oli nähnyt lasten tulevaisuuden. Kun lapset tottuivat oikeisiin pelikortteihin jo pieninä, he kasvettuaan siirtyisivät pelaamaan niillä uhkapelejä. Uhkapeliporukoissa he tutustuisivat väkijuomiin, ja hävittyään korttipelissä omaisuutensa he joisivat itsensä rappiolle. Ainoa tapa, jolla Paholaisen oli tarvinnut puuttua tilanteeseen oli Uno-pakan piilottaminen.

Kasvi

Pirkko oli yksinhuoltaja, jolla oli viisitoistavuotias poika, Erno. Pojan olisi pitänyt keskittyä koulunkäyntiin, mutta kaikki päivät hän istui ruudun ääressä videopelejä pelaten ja energiajuomia lipittäen. Pirkko itse oli kaupan kassa, ja vapaa-aikansa hän käytti viherkasvien hoitamiseen.

Kerran Erno oli ollut videopelin ääressä 36 tuntia putkeen. Kun Pirkko yritti komentaa häntä pois siitä, Erno ei vastannut. Pirkko päätti nostaa pojan pois. Yrittäessään Pirkko huomasi, että poika oli juurtunut tuoliinsa ja kädet olivat kasvaneet kiinni peliohjaimeen. Poika ei reagoinut Pirkkoon mitenkään.

Pirkko ei tästä hätkähtänyt, vaan täytti sumutinpullon energiajuomalla ja alkoi sumuttaa Ernon aamuin illoin. Hänellä oli nyt yksi kasvi enemmän hoidettavana.

Borgean sinetti

Ronya oli Luoteisterritorioiden naisten curling-joukkueen kapteeni. Joukkue oli osavaltionsa mestari, mutta Kanadanmestaruuskisoissa se ei ollut vielä voittanut yhtään peliä. Tiheämmin asutut osavaltiot jyräsivät. Oli menossa peli Ontariota vastaan. Ontariolla oli kiviä eri puolilla pesää, Ronyan joukkueella ei yhtään. Kaikki odottivat, että Ronyan joukkue ampuisi vastustajan kiviä pois. Ronya tarkisti pistetilanteen: 6-6, juuri oikea.

Ronya näytti merkkiä: Suojaheitolla kivi pesän eteen. Heittovuorossa oleva Madeleide näytti kummastuneelta, mutta luotti pitkäaikaiseen kapteeniinsa ja totteli. Omituiset merkit seurasivat toistaan, kunnes kivet olivat Borgean sinetin muodossa.

Silloin Ontarion heitot alkoivat epäonnistua kummallisilla tavoilla. Milloin vastustaja horjahti liu'uttaessaan kiveä, milloin harja katkesi, ja tapahtuipa liukastuminenkin.

99

Nopat

Carl Hofbahn heitti kolmea noppaa. III-IV-VI. Nopissa oli roomalaiset numerot. Ne olivat uusin lisäys Hofbahnin Rooman keisareiden tavaroita sisältävään kokoelmaan. Hofbahn oli tehnyt uran rautatiefirman johtajana seuraten Julius Caesarin oppeja. Eläkepäivillään hän oli alkanut keräilemään Rooman keisareille kuuluneita esineitä. Hänen kokoelmistaan oli puuttunut kuitenkin tarunhohtoinen esinesetti: Kolme noppaa, joilla keisari Nero oli pelannut poliittisten vastustajiensa kanssa panoksena näiden henki.

Pitkällisen salapoliisityön seurauksena Hofbahnille oli selvinnyt, että nopat olivat eräällä keräilijän leskellä, ja kuluttamalla pitkän pennin hän oli saanut nopat kokoelmaansa. Hän heitti niitä taas. I-I-II.

Seuraavana aamuna palvelija löysi Hofbahnin työhuoneesta kuolleena. Pöydällä oli kolme noppaa, joiden silmäluvut olivat VI-VI-VI.

Succubus

Heksa oli parikymppinen nörtti, jonka elämän tietokonepelit täyttivät. Naista Heksalla ei ollut koskaan ollut, ja Heksa viettikin päivänsä suositussa MMORPG:ssä noobeja haukkuen.

Kerran succubus ilmestyi unessa Heksalle. Succubus oli ottanut viehättävän naisen hahmon, ja se makasi selällään alasti sängyllä. "Tässä on nainen", succubus sanoi Heksalle. "Sen kun hoidat homman kotiin."

Heksa hyväili succubuksen rintoja. Succubus puisteli päätään. "Sulla ei taida olla mitään käsitystä, kuinka nainen otetaan."

Heksa nousi succubuksen päälle, mutta sai ennenaikaisen siemensyöksyn ennen kuin ehti työntyä tämän sisään.

Succubus röhähti pilkalliseen nauruun. "Jätkä on yli kaksikymppinen ja neitsyt. Mikä luuseri! Pelaa vaan niitä tietokonepelejäsi äläkä edes haaveile naisista."

Shakkinörtti ihastuu

Kerran shakkinörtti Lasse istui puistossa, kun hän huomasi viehättävän naisen viereisellä penkillä. Lasse ajatteli kysyä, saisikö hän istua naisen viereen, mutta mitä nainen vastaisi? Shakkia pelatessaan Lasse oli oppinut ennakoimaan vastustajan siirtoja. Miettiessään minkä siirron vastustaja tekee Lasse oletti vastustajan tekevän vastustajan voittoa eniten edesauttavan siirron. Lassen kannalta tämä oli pahin mahdollinen siirto, koska se muodosti Lasselle suurimman häviön uhkan.

Lasse mietti pahinta mahdollista vastausta, jonka nainen voisi antaa ja tuli tulokseen, että se on "ei". Lasse päätti, että hän ei menettäisi oikeastaan mitään, jos nainen vastaisi näin.

Hän meni naisen luokse ja esitti kysymyksensä.

"Sopii oikein hyvin", nainen vastasi.

Maailmanmestaruuski-
soissa

Asmo asetti revolverin ohimolleen ja painoi liipasinta. CLICK! Tyhjä pesä oli osunut piipun kohdalle, vaikka rullassa oli kaksi panosta. Asmo oli venäläisen ruletin maailmanmestaruuskisoissa. Eräs rikas playboy järjesti sellaiset huvijahdillaan kansainvälisillä merialueilla. Kolme parasta - ne jotka ottivat eniten riskejä kuolla - palkittaisiin kymmenellä miljoonalla dollarilla. Loput osanottajat luovuttaisivat tai kuolisivat. Kilpailut striimattiin internetissä maksaville katsojille, joten playboy jäisi palkintorahojen jälkeenkin voitolle.

Alussa kilpailijoita oli ollut sata. Jäljellä oli kymmenen. Asmo oli pitkäaikaistyötön, joten hän oli päättänyt, että rahat olivat riskin arvoisia. Hän laittoi revolverin rullaan kaksi panosta lisää, yhteensä neljä. Viisi kilpakumppania luovutti. Asmo asetti revolverin ohimolleen ja veti liipasimesta. BANG!

Sähköallergikko

"Ei sellaista olekaan kuin sähköallergia."

"Mut mun vanhemmat on sanonu..."

"Mun iskä on sanonu, että sun vanhemmat vain kuvittelee."

Petrin vanhemmat olivat sitä mieltä, että Petri on sähköyliherkkä. He väittivät, että Petristä tulee ylivilkas tämän pelattua videopelejä tai katsottua televisiota. Siksi he olivat kieltäneet Petriltä sähköiset viihdemuodot.

Petri ei enää tiennyt, mikä on totta. Hän ei ollut havainnut itsessään ylivilkkausoireita, ja Ville väitti kivenkovaa, että sähköyliherkkyys on kuvittelua. Petri olisi halunnut uskoa voivansa pelata videopelejä, mutta vanhempien kielto välkkyi vahvana mielessä.

"Saat mun käsikonsolin lainaan. Voit pelata sillä salaa."

"Mut äiti huomais. Silläkin on sähköallergia, ja se saa päänsärkyä sähkölaitteista."

Puuttuva raaja

Marko opiskeli biologiaa, ja harrastuksenaan hän ohjelmoi tieto-konepeliä. Suurimmat tunteensa hän kokikin ohjelmointiharrastuk-sensa parissa. Suurempi ongelma pelinkehitystyössä johti hetkelli-seen epätoivoon, ja ongelman ratkaisu puolestaan antoi onnistumi-sen elämyksen. Hän piti onnentunteesta, kun pelinkehityksessä pa-likat loksahtivat paikalleen.

Markon tyttöystävä ei halunnut kuullakaan tietokonepelistä. Se vei hänestä liikaa Markon aikaakin.

Seurustelu sujui hyvin, kun Marko vaikeni tietokonepelistään tyttöystävänsä läsnäollessa. Markosta kuitenkin tuntui tyttöystävän läsnäollessa ikään kuin häneltä oltaisiin amputoitu raaja. Ohjel-mointiharrastus oli suuri osa hänen persoonaansa, ja tyttöystävänsä edessä hän joutui kieltämään tuon osan itsestään. Hän ei voinut edes puheen tasolla jakaa elämänsä toiseksi tärkeintä asiaa elämänsä tärkeimmän asian, elämänsä tärkeimmän ihmisen kanssa.

Curling-vanhemmat

8-vuotias Karen tuli koulusta kotiin. Keittiön pöydällä oli lappu: "Minulla menee myöhään curlingharjoituksissa. Laita itsellesi makaroneja ja juustoa. Äiti." Karenia ärsytti. Äidin olisi kuulunut joskus hoitaa häntäkin, mutta äidin kaikki aika meni curlingin parissa. Karenilla oli todelliset curling-vanhemmat. Isän joukkue oli voittanut Kandanmestaruuskilpailut, ja niinpä joukkue oli nyt jatkuvasti maailmalla edustamassa maataan. Karenin äiti puolestaan harjoitteli jatkuvasti joukkueensa kanssa provinssinmestaruuskilpailut tähtäimessä.

Karen oli kurkkuaan myöten täynnä curlingia. Seuraavana viikonloppuna isällä olisi ottelu kotikaupungissaan, ja Karenin pitäisi istua katsomossa tuntitolkulla. Äiti pakottaisi Karenin hurraamaan isälle, vaikka curling ei napannut Karenia yhtään.

Tottunein ottein Karen otti juustomakaronipussin kaapista ja laittoi veden kiehumaan.

Tosi kyseessä

Saatuani tuomion hallitusta vastaan vehkeilemisestä minulle kerrottiin, että olin onnekas. Yhtenä yhdeksästätoista osallistuisin tosi-TV-ohjelmaan. Ohjelman voittajan tuomio kumottaisiin, ja hän poistuisi vapaana miehenä. Istun viikoittaisessa neuvonpidossa. Ohjelmaa on kestänyt yhdeksän viikkoa, ja meitä on kymmenen jäljellä. Olemme jakautuneet kolmeen klikkiin, jotka keskittävät äänensä. Meidän klikissämme on neljä jäsentä, kahdessa muussa kolme. Jokainen ajattelee vain kisan voittamista, panokset ovat korkeat. Mitä todennäköisempänä voittajana kilpailijaa pidetään, sitä nopeammin hänet äänestetään ulos.

"Riitta, neljä ääntä." Klikkimme rintama on pitänyt. "Markus, kuusi ääntä." Voi ei, kaksi muuta klikkiä on tehnyt yhteistyötä.

"Ei minua, tarkastakaa ääntenlaskenta", huudan vartijoiden raahatessa minua kohti huoneen keskellä olevaa giljotiinia.

Tietokonepasianssi

Anna valitsi valikosta "Save". Toivottavasti teksti meni levykkeelle. Olisi ikävää, jos kolmen tunnin kirjoitustyö menisi hukkaan. Anna ei luottanut tietokoneisiin. Oli 90-luvun loppu, ja Anna oli yliopiston mikroluokassa kirjoittamassa esitelmää. Ennen yliopistoa hän ei ollut käyttänyt tietokoneita. Ne pelottivatkin häntä.

Anna alkoi pelaamaan tietokoneella Pasianssia. Hän oli oppinut mummoltaan pasianssinpeluun lapsena, ja lapsuuden jälkeen hän ei ollut pelannut sitä. Nyt hän pelasi sitä tietokoneelta. Oli kuin olisi saanut pelottavan tietokoneen hallintaansa. Pasianssi oli tuttu ja turvallinen peli.

Varsinaisista tietokonepeleistä Anna ei pitänyt. Ne olivat nörtähtäviä. Hän ei myöskään koskaan pelannut pasianssia oikeilla pelikorteilla. Mutta pasianssin peluu tietokoneella, siitä hän piti.

Myyty mies

Elettiin 80-lukua. Pertti oli tehnyt kotimikrolle strategiapelin. Pertti oli lähetellyt peliä useillekin kustantajille, mutta kukaan ei ollut kiinnostunut.

Epätoivoissaan Pertti luki loitsun Mustasta Raamatusta. Lucifer ilmestyi: "Jos saan sielusi, seuraava kustantaja julkaisee pelisi. Jatkolle on kaksi vaihtoehtoa."

"Ensimmäisessä vaihtoehdossa pelisi myy ruhtinaallisesti, mutta sitä ei pelata. Ihmiset kokeilevat peliäsi hiukan ja unohtavat sitten sen hyllyyn pölyyttymään. Saat rahaa, mutta pelaajat eivät tutustu peliisi syvällisesti."

"Toisessa vaihtoehdossa pelisi ei juurikaan myy, mutta se leviää piraattikopioina. Ihmiset käyttävät viikkoja sen parissa ja oppivat pelaamaan sitä hyvin. Et kylläkään saa juurikaan rahaa."

"Miten on, kumpi vaihtoehto pannaan?"

Enempiä miettimättä Pertti valitsi jälkimmäisen vaihtoehdon.

Vanha

Kahdenkymmenen vuoden pelitauon jälkeen Risto ryhtyi pelaamaan nuoruudessaan suosimaansa strategialautapeliä. Risto istui alas ja palautti pelin tunnelmaa mieleensä. Risto muisti, kuinka hän oli nuorena nähdyt laudalla taktikointimahdollisuuksia, strategioita, pelaajien eturistiriitoja ja mahdollisuuksia päätöksiin, joiden hyvät puolet hän oli arvioinut haittoja suuremmiksi. Voi että hän oli tuolloin rakastanut sellaisten arvioiden tekemistä.

Nyt Risto näki vain pahvisen pelilaudan ja muovisia pelinappuloita, joita liikuteltiin sääntöjen mukaan. Kyllähän hän muisti vielä ulkoa pelin säännöt. Ne olivat nuorena syöpyneet hänen mieleensä. Perustaktiikatkin olivat muistissa, mutta peli ei enää puhunut hänelle samalla tavalla kuin nuorena. Nyt hän oppi, miltä niistä ihmisistä tuntuu, jotka eivät pidä lautapeleistä.

Halpaa huvia

Perjantai-iltana Ville katsoi uuden Wars Trek -sarjan scifielokuvan. Sarjan alkupäähän verrattun uusi leffa oli ihan paska. Ville oli maksanut leffalipusta 14,95 ja poppareista 5,95, ja hänestä yli kaksikymppiä oli mennyt hukkaan.

Lauantai-iltana Ville pelasi Canasta-korttipeliä kavereiden kanssa. Oli onnistunutta yhteispeliä joukkuetoverin kanssa, katkeria avopakan menettämisiä ja muutenkin ylä- ja alamäkiä. Ennen viimeistä jakoa Villen joukkueella oli 2565 pistettä ja vastustajilla 4990. Peli menisi poikki viidestätuhannesta, joten Villellä ei ollut voiton mahdollisuuksia. Hän päätti kuitenkin kaikin keinoin kaventaa piste-erotusta.

Pelin loputtua tappio oli kaventunut 1435 pisteeseen. Ville ja joukkuetoveri maksoivat kumpikin 14,35 euroa vastustajille. Peli-ilo oli hyvinkin ollut 14,35 euron arvoinen.

Shakki ja Matti

"Shakki ja matti!" Matti sanoi.

"Hei, tuo on huijausta. Et sinä noin voi siirtää", vastustaja väitti.

"Siirto on täysin shakin oikeiden sääntöjen mukainen", Matti vastasi.

Riitahan siitä seurasi, mutta kun Matti pitäytyi tiukasti kannassaan, vastustaja uskoi lopulta ja poistui viereiseen rakennukseen. Mattia ei sinne päästetty. Siellä oli menossa shakin kaupunginmestaruuskilpailut. Olihan se melkoinen skandaali, että kaupungin paras shakinpelaaja ei saanut osallistua kaupunginmestaruuskisoihin.

Matin salainen ase shakissa oli se, että hän ainoana tunsi shakin oikeat säännöt. Niiden mukaan lähettiä saa siirtää, paitsi viistoon, myös korkeintaan kolme askelta suoraan. Muut eivät oikeiden sääntöjen mukaisia siirtoja hyväksyneet, vaan pelasivat aivan väärien sääntöjen mukaan.

"Liitto!"

Ville oli kutsunut Laurin ja Jaakon 11-vuotissyntymäpäivilleen. Synttäreillä pelattiin Riskiä.

Riskissä pelilauta, maailmankartta, on jaettu nelisenkymmeneen alueeseen. Jokaista aluetta hallitsee joku pelaajista. Pelaajat saavat hyökkäillä omien alueidensa naapurialueille ja yrittää valloittaa niitä. Kun pelaaja on menettänyt viimeisenkin alueensa, hän putoaa pelistä. Kun jäljellä on vain yksi pelaaja, tämä voittaa pelin.

"Liitto!" Lauri huusi Jaakolle ennen pelin alkua.

"Liitto!" Jaakko vastasi.

Lauri ja Jaakko eivät hyökänneet pelissä toisiaan vastaan. Heidän ei tarvinnut suojata alueitaan toistensa hyökkäyksiltä, ja he saattoivat keskittää kaiken voimansa Villeä vastaan. Kaksi yhtä vastaan -tilanteessa Ville putosi pelistä nopeasti.

Tämän jälkeen Lauri ja Jaakko sopivat keskenään jakavansa voiton.

Ehdot hyvyydelle

Oiva istui kadulla myymässä maalauksiaan. Oivalla oli oma käsityksensä estetiikasta, ja hän teki maalauksensa estetiikkakäsityksensä mukaan. Maalaukset olivat abstrakteja, ja ohikulkijoiden silmään ne näyttivät siltä, kuin kankaalle olisi roiskittu maalia täysin satunnaisesti. Ohikulkijat vain vilkaisivat maalauksia, mutta kukaan ei ostanut niitä. Taidehistorian professorikin kulki Oivan ohi, mutta hänkään ei nähnyt maalauksissa muuta kuin sotkun. Illalla Oiva pelasi Hex-lautapeliä Martin kanssa, 19 x 19 heksan laudalla. Oivalla oli oma strategiansa, ja Martin silmään Oivan siirrot näyttivät mielivaltaisilta, satunnaisilta. Oiva voitti pelin strategiallaan. He pelasivat vielä kaksi peliä, ja Oiva voitti nekin. Hävittyään Martti joutui myöntämään, että Oivan siirroissa oli sittenkin järkeä.

Tietokonepeli

"Isi, kato!"

"Aha... Ihan kiva."

"Haluaisitko kokeilla sitä?"

"No kun ei ole tuota aikaa."

Elettiin 80-lukua. 13-vuotias Pasi oli saanut kotimikron ja opetellut tekemään sillä pelejä. Pelit eivät olleet erityisen näyttäviä, mutta ne olivat huomattava saavutus tuonikäisen tekemäksi. Pasi olisi halunnut näyttää tekemiään pelejä isälleen, mutta isä vain suostui vilkaisemaan peliä vähän. Ei ollut puhettakaan, että isä olisi kokeillut, miltä tuntuu pelata sitä. Pasin mielestä tietokonepeliin tutustuttiin pelaamalla sitä, ei vilkaisemalla sitä, ja Pasille olisi ollut tärkeää, että vanhemmat olisivat tutustuneet hänen tekemisiinsä.

Niin isältä jäi tutustumatta Pasin tekemisiin, koska isä oli mielestään niin hyvä ihminen, ettei hän pelannut tietokonepelejä.

Pieni peliongelma

Hoitaja: Terve, Urmas, kertoisitko, miksi olet täällä.

Urmas: Lainasin 30000 Venäjän mafialta ja hävisin rahat kasinolla. Viikko sitten mafia ilmoitti, että jos en maksa viikon kuluessa, he tappavat minut

Hoitaja: Ensin sinun on myönnettävä, että sinulla on peliongelma ja päätettävä, että haluat parantua siitä.

Urmas: Minulla on peliongelma ja haluan parantua.

Hoitaja: Tietääkö perheesi pelaamisestasi?

Urmas: Ei.

Hoitaja: Pelaamisesi varmasti aiheuttaa perheellesi taloudellisia ongelmia. Paranemisesi on saanut hyvän alun, kun myönsit, että sinulla on peliongelma. Perheelle kertominen ja anteeksipyyntö on seuraava askel. Ota se, ja tavataan ensi viikolla uudestaan.

Venäjän mafia kuitenkin murhasi Urmaksen ennen kuin tämä ehti kertoa perheelleen.

Lautapelikeräilijä

"Sami, sinä kun keräilet noita lautapelejä, niin pelaapa jotain meidän lasten kanssa."

"Ok... Istukaa... Tämä peli on Torture. Se sijoittuu keskiaikaiseen vankityrmään. Alussa jokaiselle pelaajalle annetaan viisi rautaneitokorttia... Hei, kortteja ei saa taivuttaa. Pidä niitä kauniisti kädessä... jokainen saa myös kymmenen tällaista venytyspenkkitokenia... Hei, älä pudottele tokeneita lattialle... Vuoron alussa täydennetään käsi viiteen rautaneitokorttiin. Sitten lasketaan rautaneitokorttien pistearvot yhteen ja katsotaan, saako venytyspenkkitokenin laudalle. Minä sain. Sinun vuorosi... hei, et sinä saa laittaa venytyspenkkitokenia laudalle, kun rautaneitopisteidesi summa on vain 73... älä leiki niillä tokeneilla tai ne putoavat lattialle ja häviävät..."

"Kyllä lautapelit sopivat paremmin aikuisille kuin lapsille", Sami ajatteli.

Virtuaalinen demogorgoni

Igor iski demogorgonia taikamiekalla. Jos hän voittaisi demogorgonin, hänen hahmonsa nousisi levelille 103, ja sen voisi myydä rikkaille jenkeille, jotka halusivat pelata voimakkaita hahmoja. Jos taas hän häviäisi, hahmo kuolisi ja joutuisi aloittamaan uudestaan leveliltä 61. Sellainen hahmo olisi myyntikelvoton, eikä Igorilla olisi seuraavalle viikolle ruokarahoja.

Igor pelasi suosittua Realm of Battlecharm -MMORPGia. Siinä virtuaaliset hahmot mätkivät virtuaalisia hirviöitä. "Tai mitä virtuaalista tässä on", Igor ajatteli. "Haasteet ovat todellisia, samoin palkinnot." Ehkä peli oli virtuaalinen rikkaille, huvikseen pelaaville jenkeille, mutta Igorille palkinnot olivat todellisia. Voimakkaaksi kehitetyn hahmon pystyi myymään rahasta.

Igor antoi ratkaisevan iskun demogorgonille. Hänen lapsensa söisivät seuraavalla viikolla.

Pelitaito

Elmeri näki viestin tietokoneensa ruudulla. Foo123 oli luovuttanut hänen netissä kirjepelin tahtiin pelaamansa hex-pelin. Voitto sinänsä ei Elmerille merkinnyt mitään. Se merkitsi, mitä voitto kertoi: Elmeri oli kehittynyt pelaajana. Vielä puoli vuotta aiemmin hän oli hävinnyt kaikki pelinsä Foo123:a vastaan.

Hex-pelaajana Elmeri kilvoitteli itseään vastaan, tullakseen paremmaksi pelaajaksi. Kilvoittelu muita vastaan yksittäisissä peleissä oli vain väline tuossa suuremmassa kilvoittelussa. Peleistä oppi, ja pitkän tähtäimen voittosuhde kertoi, kuinka pelissä kehittymisprojekti eteni.

Elemeri arvosti taitoa. Hän arvosti taitoa missä tahansa asiassa, ja omalta kohdaltaan hän oli päättänyt kehittää taitojaan hex-pelissä. Ja taito pelissä tarkoitti sitä, että kykeni voittamaan Foo123:n tapaisia taitavia pelaajia.

Pieni puhallus

Johan ja Mirva pelasivat Yazya.

Johan: Miksi puhallat noppiin ennen jokaista heittoasi?

Mirva: Puhallan noppiin hyvää tuuria.

Johan: Toi on joko typeryyttä tai pelissä huijaamista!

Mirva: Mitä??

Johan: Jos se ei toimi, se on typeryyttä. Jos taas se toimii, se on noppien manipuloimista, pelissä huijaamista.

Mirva: Voitto tulee puhallustyylillä!

Johan: On looginen mahdottomuus voittaa peli huijaamalla.

Mirva: Näin elokuvan, jossa korttihuijari ei jäänyt kiinni, ja muut onnittelivat häntä voitosta.

Johan: Hän vain teeskenteli voittavansa, ja esitys meni läpi. Ei hän oikeasti voittanut. Hän ei edes pelannut. Jotta pelissä voisi voittaa, peliä täytyy pelata, ja pelaaminen tapahtuu by definition sääntöjen mukaan.

Minun virtuaalitodellisuuteni

Pelätään, että ihmiset uppoutuvat virtuaalitodellisuuteen ja unohtavat todellisen maailman. Että he vain lahtaisivat zombeja tietokonepeleissään. Minä vietän päiväni verkossa. En lahtaa virtuaalisia zombeja, vaan katselen elokuvia ja pelaan klassisia lautapelejä kuten backgammonia. Kaikki mitä teen on ollut mahdollista jo kymmeniä ellei satoja vuosia.

Elokuvat ovat minun virtuaalitodellisuuteni. En vain ole sidottu elokuvateatterien sijainteihin ja elokuvanäytösten aikatauluihin kuten elokuvien katsoja oli 1900-luvun alussa.

Jos lahtaisin zombeja tietokonepelissä, ne olisivat kuvitteellisia zombeja. Verkossa pelattu backgammon on yhtä todellinen kuin pelilaudallakin pelattu. Lautapeli on matemaattinen abstraktio, eikä implementaation yksityiskohdilla ole väliä. Strategiat toimivat verkossa ja pelilaudalla samalla tavoin, ja voitot ovat yhtä todellisia.

Analyyttinen tosiasia

Heli: Tuohan on ihan lapsellinen kanta. Minä pelaan pelejä pitääkseni hauskaa, en voittaakseni.

Panu: Se, että pelissä on tarkoitus voittaa, on lähinnä analyyttinen tosiasia.

Heli: Perustele.

Panu: Perustelen esimerkillä: Shakissa on tarkoitus matittaa vastustajan kuningas.

Heli: Eihän tuo perustele mitään.

Panu: Jos pelissä olisi shakin siirrot, mutta pelin tarkoitus olisi kuninkaan matittamisen sijaan syödä vastustajan kuningatar, peli ei olisi shakki vaan shakin muunnelma. Shakin määritelmään siis sisältyy se, että siinä on tarkoitus matittaa vastustajan kuningas.

Heli: Öö. . .

Panu: Toinen esimerkki: Gon määritelmään sisältyy, että siinä on tarkoitus saada enemmän pisteitä kuin vastustaja. Ja yleistys pelien voittoehdoista: Pelissä on tarkoitus voittaa.

Ymmärtämisestä

"Sinä et nyt ymmärrä", Hennikki sanoi. "Lautapelit kuten Monopoli ja Kummituslinna ovat lasten leluja."

"Niin", Kaisa sanoi. "Nuo ovat lasten pelejä, mutta on myös aikuisille haastavia lautapelejä kuten Go ja Hex."

"Sinä et nyt ymmärrä, että Monopolit ja muut lautapelit ovat lasten juttu", Hennikki intti.

Kyllähän Kaisa ymmärsi, mitä Hennikki väitti. Hän itse oli vain sitä mieltä, että Hennikki oli väärässä. On kaksi eri asiaa ymmärtää mitä toinen väittää ja olla samaa mieltä tämän kanssa. Sitä vastoin Kaisa ei ollut yhtään varma, oliko Hennikki ymmärtänyt hänen tehneen käsite-erottelun lasten ja aikuisten pelien välillä, Hennikki kun niputti kaikki lautapelit Monopolin kaltaisiksi.

Kuvittelusta

Ragnar oli etsiessään Verirubiinia päätynyt peilintakaiseen maailmaan. Etsinnöissään hän oli päätynyt niin ahtaaseen käytävään, että hän mahtui ainoastaan ryömimään siinä. Yhtäkkiä Ragnarin edessä käytävässä seisoi täysikasvuinen Tyrannosaurus Rex.

Pelaaja: Laajeneeko se käytävä?

Pelinjohtaja: Ei.

Pelaaja: Onko se sitten minikokoinen Tyrannosaurus Rex?

Pelinjohtaja: Ei.

Pelaaja: Miten se on sitten mahdollista?

Pelinjohtaja: Tämä on peilintakainen maailma. Täällä suuret otukset mahtuvat kulkemaan paremmin ahtaissa käytävissä kuin pienet.

Pelaaja: Häh??

Pelinjohtaja kylläkin kykeni muodostamaan lauseen "Täällä suuret otukset mahtuvat kulkemaan paremmin ahtaissa käytävissä kuin pienet", mutta tilanteen kuvitteleminen oli mahdotonta. Oli mahdotonta muodostaa mieleen kuva käytävästä, jossa ihminen ei mahtunut seisomaan, mutta Tyrannosaurus mahtui.

Keinotekoinen päämäärä

Johan ja Mirva pelasivat go-peliä. Johan pelasi pelejä voitosta, Mirva puolestaan siksi, että oli hauska pelaailla.

Gossa pisteitä saa sekä tappamalla vastustajan ryhmiä että valtaamalla tyhjää aluetta pelilaudalta.

Puolessavälissä peli oli edennyt niin, että Mirva oli selvästi tappiolla. Tällöin Mirva ajatteli: "Tästedes taidankin ottaa tavoitteekseni sen, ettei yksikään neljästä ryhmästäni kuole."

Peli pelattiin loppuun, ja Johan voitti yli 40 pisteellä. Mirva sanoi: "Minäkin onnistuin siinä, mihin pyrin. Sain kaikki neljä ryhmääni pidettyä hengissä pelin loppuun saakka."

"En minä edes yrittänyt tappaa niitä", Johan vastasi. "Minulle varmin tapa turvata voitto oli ahdistella niitä vähän ja siinä sivussa vallata aluetta niiden vierestä."

Osa V

Metafysiikkaa

Johdanto

Tässä on tutkielmani pelien metafysiikasta. Väitän tässä tutkielmassa, että pelit ovat pieniä maailmoja, joilla on omat luonnonlakinsa. Oikea metafyysikko kysyisi tietysti, ovatko nämä pienet maailmat oikeasti olemassa, mutta minä en välitä tästä kysymyksestä. Väitän vain, että pelien etiketin ymmärtämiseksi on hyödyllistä ajatella niitä pieninä maailmoina. Todellisina tai kuvitteellisina, ei väliä. Minun mielestäni filosofiassa on hyvin harvoin kyse totuudesta. Mielenkiintoinen filosofia on eräänlaista ajatteluteknologiaa: Se näyttää hedelmällisen tavan ajatella jotain ilmiötä.

Aloitamme käsitteiden täsmentämisellä. Suomen kielen ilmaus peli voi tarkoittaa kahta eri asiaa. Ensinnäkin se voi tarkoittaa tiettyä tyyppiä sääntöjen mukaan tehtävästä aktiviteetista. Esimerkkejä tällaisista peleistä ovat shakki, go ja biljardi. Toisekseen sana peli voi tarkoittaa myös yksittäistä matsia. Esimerkkejä peleistä tässä mielessä ovat esim. se go-peli jonka Honinbo Dosaku ja Yasui Senchi pelasivat 19. 11. 1693 Shogunin palatsissa ja verkossa pelaamani http://www.littlegolem.net/jsp/game/game.jsp?gid=902999 hex-peli, joka alkoi 1.7.2008 ja päättyi 21.7.2008, ja jonka minä voitin.

Tässä tekstissä yritän luonnehtia, mikä on "peli" ensimmäisessä mielessä. Ensin motivoin ja esitän luonnehdinnan, joka toimii melko hyvin tietylle rajatulle pelien osajoukolle. Sitten esitän kritiikkiä omaa luonnehdintaani vastaan yleisessä tapauksessa, jossa emme rajoitu tuohon osajoukkoon.

Lähdemme ensin liikkeelle niin, että tarkastelemme sellaisia pelejä kuten shakki, tammi ja go. Havaitsemme, että pelejä pelataan käyttämällä pelivälineitä (pelilautaa ja pelinappuloita) sääntöjen mukaan. Näin ensimmäinen luonnehdintakandidaattimme onkin, että pelin luonnehtivat käytetyt pelivälineet ja säännöt.

Kuitenkin havaitsemme, että kaikissa matseissa ei tarvita fyysisiä pelivälineitä. Esimerkiksi yllä linkittämässäni hex-matsissa ei ollut käytössä hex-lautaa tai nappuloita fyysisinä objekteina. Ne sijaisivat tietokoneen muistissa. Kun tutkimme kirjeshakkia, havaitsemme, että kirjeshakkimatsissa on käytössä kaksi pelilautaa, joilla molemmilla on sama tilanne. Pelaajat nimittäin eivät ole fyysisesti läsnä, vaan he lähettelevät siirtoja toisilleen postitse, ja havainnollistavat pelin kulkua kumpikin tahollaan omalla laudallaan. Pelejä on myös periaatteessa mahdollista, joskin hankalaa, pelata ilman pelivälineitä niin, että pelaajat ilmoittavat siirrot suullisesti ja kuvittelevat pelilaudan mielessään.

Yllä esittämäni kirjeshakkiesimerkki johdattaa meidät kohti sitä luonnehdintaa, jonka haluan esittää. Kirjeshakissa nimittäin pelilautaa käytetään havainnollistamisvälineenä abstraktiolle, ja tuo abstraktio on olennaisesti peli.

Mistä tuossa abstraktiossa sitten on kyse? Alussa totesimme, että pelissä säännöt ja pelivälineet. Totesimme myös, että pelivälineet eivät ole olennaisia pelin määritelmän kannalta. Jäljelle jäävät siis säännöt. Voisiko olla niin, että säännöt määräävät pelin? Eivät ainakaan yksikäsitteisesti, koska samalle pelille voidaan muodostaa useita toisistaan poikkeavia sääntötekstejä. Pelin on siis oltava jotain abstraktimpaa kuin sääntöteksti. Voisiko se sitten olla abstrakti sääntökokoelma, jossa siis kirjoitusasun yksityiskohdat (ja sääntöjen esittäisjärjestys ym.) on abstrahoitu pois?

Nyt alamme olla aika lähellä sitä luonnehdintaa, johon aion päätyä. Jäljellä on kuitenkin vielä kaksi ongelmaa:

- Pelin samaistaminen sääntökokoelman kanssa on keinotekoista, koska pelin pitäisi olla jotain sellaista, jonka säännöt kuvaavat, ei tuo sääntökokoelma itse.

• Minkä tahansa pelin sääntökokoelma koostuu kahdesta eri sääntötyypistä.

Emme siis tiedä vielä tässä vaiheessa, mikä peli on, paitsi että se on jotain abstraktia, jota havainnollistetaan pelivälineillä ja kuvaillaan säännöillä. Lähdemme siis analysoimaan kahta eri sääntötyyppiä, koska oman ratkaisuehdotukseni avain on löydettävissä tätä kautta.

Annan ensin esimerkit kahdesta sääntötyypistä: '

1. Shakissa lähetti liikkuu yhdellä siirrolla viistosuunnassa mielivaltaisen monta askelta, mutta se ei saa hypätä nappuloiden yli.

2. Shakissa siirto on tehty eikä sitä saa ottaa takaisin sen jälkeen kun nappula on koskettanut päätepisteruutua.

Näiden kahden sääntötyypin ero on ainakin seuraava: Jos jotkut pikkupojat pelaavat shakkia niin, että sääntöä (2) ei noudateta (vaan esim. käden irroittaminen nappulalta on ratkaisevaa siirron tehtyydelle), on kyseessä oleva peli edelleen shakki. Sääntöä (2) ei myöskään noudateta verkossa pelattavassa shakissa, jossa nappuloita siirrellään hiiren klikkauksilla. Jos taas sääntöä (1) ei noudateta (vaan lähetti saa liikkua esim. vain yhden ruudun viistoon), on kyseessä oleva peli shakin muunnelma, ei shakki.

Näin siis säännöt jakautuvat kahteen eri luokkaan, joista toinen luokka on määrittelemässä peliä, ja toinen luokka taas ei. Seuraavaksi esitänkin väitteen, joka on keskeinen tässä tekstissä.

Pelin säännöt jakautuvat kahteen luokkaan. Ensimmäinen luokka kuvailee pelin abstraktiona. Tarkemmin, ensimmäinen luokka sääntöjä kuvailee pienen kuvitteellisen maailman luonnonlait. (Selitän tätä hetken päästä lisää.) Toinen luokka puolestaan kuvailee, kuinka tuota abstraktiota voidaan approksimoida riittävällä tarkkuudella reaalimaailmassa, eli kuinka oikeaan todellisuuteen voidaan rakentaa jäljitelmä tuosta kuvitteellisesta pienoismaailmasta.

Tämä on siis ehdottamani ratkaisuehdotus alussa esittämääni kysymykseen, mikä "peli" oikein on: Kuvitteellinen pienoismaailma, jolla on omat luonnonlakinsa. (En siis väitä, että mikä tahansa kuvitteellinen pienoismaailma, jolla on omat luonnonlakinsa olisi peli, mutta tarkka määritelmä sille, milloin pienoismaailma on peli, on mielestäni mielenkiinnoton. Väitän vain, että mikä tahansa peli voidaan mielekkäästi samaistaa jonkun kuvitteellisen pienoismaailman kanssa.)

Olen siis väittänyt, että osa pelin säännöistä luonnehtii kuvitteellisen maailman luonnonlait. Perustelen väitettäni selittämällä shakin tapauksessa, millainen tuo kuvitteellinen maailma eli "peli" on. Shakkimaailman avaruus on kaksiulotteinen ja diskreetti. Se on kahdeksan paikkaa pitkä ja kahdeksan paikkaa leveä. Jokaisessa paikassa voi olla nappula, ja nappulan sijainnin laudalla määrää yksikäsitteisesti se, missä paikassa se on. Nappula voi olla tyypiltään kuningas, kuningatar, torni, ratsu, lähetti tai sotilas. Matsin kuluessa nappulat liikkuvat laudalla. Ne liikkuvat yksiköissä, joita kutsutaan siirroiksi. Ensimmäisen siirron tekee valkea, sitten musta, sitten taas valkea ja niin edelleen. Yhdellä siirrolla lähetti liikkuu viistosuuntaan mielivaltaisen monta askelta, mutta sen on mahdotonta hypätä minkään nappulan yli. Uskoisin, että tässä vaiheessa lukija on saanut käsityksen siitä, mitä ajan pelimaailmalla takaa.

Seuraavaksi tutkimme sääntöä (2). Pelimaailmassa liikkuminen tapahtuu diskreeteissä yksiköissä, siirroissa. Koska todellinen maailma ei ole tällainen, vaan nappuloita voi siirrellä miten huvittaa, tarvitsemme jonkun keinon simuloida tällaista diskreettiä siirtoa reaalimaailmassa. Erityisesti meidän täytyy määrittää jotenkin se hetki, jona siirto on tehty. Näin ollen tarvitsemme säännön (2), joka kertoo sen.

Pelinäkemykseni selittää sen, miksi pelissä huijaaminen on mielestäni absurdia: Pelin tyypin (1) säännöt ovat siis luonnonlakeja joita ei voi rikkoa, ja huijatessaan pelissä, eli rikkoessaan tyypin (1) sääntöjä pelaaja rikkoo abstraktin pelimaailman ja sitä simuloivan reaalitodellisuuden osan välisen vastaavuuden, ja näin ollen, itseasiassa lakkaa pelaamasta peliä. Rikkoessaan tyypin (2) sääntöjä pe-

130

laaja ei välttämättä riko pelimaailman ja reaalimaailman välistä vastaavuutta. Tyypin (2) säännöt kuitenkin kokonaisuutena muodostavat sopimuksen siitä, kuinka pelimaailmaa simuloidaan reaalimaailmassa, ja tuon sopimuksen rikkominen tietenkin väistämättä murentaa ainakin hiukan pelimaailman ja reaalimaailman välistä vastaavuutta.

Olemme nyt luonnehtineet, mitä ovat sellaiset pelit, kuten shakki, tammi ja go. Seuraavassa osassa kritisoimme luonnehdintaamme, ja esitämme esimerkkejä tilanteista, jossa pelin mieltäminen pienoismaailmana, jolla on omat luonnonlakinsa, ei ole järkevää.

Sovellusalueen rajat

Edellisessä osassa tutkimme sellaisia pelejä kuten shakki, tammi ja go, ja totesimme, että nämä pelit ovat kuvitteellisia idealisoituja pienoismaailmoja, joita reaalimaailman pelitilanteet approksimoivat. Totesimme myös, että pelien säännöt jakautuvat kahteen kategoriaan, joista ensimmäinen kuvailee pelimaailman luonnonlait, ja toinen sen, kuinka pelimaailmaa approksimoidaan käytännön pelitilanteessa. Teoriani toimii mielestäni hyvin luokalle pelejä, jota voitaisiin luonnehtia lyhyesti lauta- ja korttipelien luokaksi.

Tässä osassa tutkimme sitä, kuinka saamme joitain tuon luokan ulkopuolisia pelejä sovitettua teoriaani. Keskitymme biljardiin ja petankkiin.

Lauta- ja korttipeleissä itse peli on abstraktio, jota pelivälineet edustavat tai havainnollistavat. Biljardi poikkeaa lauta- ja korttipeleistä siinä, että biljardissa pelivälineet eivät edusta abstrakteja peliobjekteja, vaan biljardia ihan oikeasti pelataan lyömällä konkreettisia palloja konkreettisella kepillä. Kysymys, josta olemmekin nyt kiinnostuneita on se, että voidaanko ajatella olevan jonkunlainen idealisoitu biljardi, jota reaalimaailman biljardipelit edustavat.

Vastaus vaikuttaisi olevan "kyllä". Idealisoidussa biljardissa pöytä on täysin tasainen, ja pallot täysin pyöreitä sekä tasa-aineisia. Käytännön biljardivälineet eivät koskaan saavuta ideaalia täysin, mutta esimerkiksi biljardipöydät ovat hyvin kalliita, koska niiden halutaan saavuttavan erittäin hyvä tasaisen ideaalin approksimaatio. Myös biljardipallojen halutaan olevan hyviä approksimaatioita täysin pyöreydestä: Ennen synteettisten materiaalien yleistymistä parhaat biljardipallot tehtiin norsunluusta. Petankin kohdalla tilanne on hiukan toinen. Myös ideaaliset petankkipallot ovat pyöreitä ja tasa-aineisia. (Turnauspetankissa on tarkat säännöt pallojen hyväksyttävyydelle, sillä jokainen pelaaja pelaa omistamillaan palloilla, ja epäkeskot pallot, jotka siis ovat kiellettyjä, olisivat edullisia joissainn tilanteissa.) Sitävastoin petankin henkeen kuuluu se, että pelialustan on vain suhteellisen tasainen ja tasakovuinen, ja sen tasaisuudessa sekä kovuudessa on vaihteluita joilla pelissä kuuluu taktikoida. Näin sellaista otusta kuin idealisoitu petankkikenttä ei ole olemassakaan, ja petankkia pelataan reaalimaailman epätasaisilla alustoilla.

Tähän mennessä olemme siis todenneet, että sellaisissa peleissä kuten petankki ja biljardi pelivälineet ovat osa peliä toisin kuin lauta- ja korttipeleissä, joissa ne edustavat abstraktioita. Ja riippuen pelistä ja pelivälinetyypistä nuo pelivälineet ja alustat joko voivat olla approksimaatioita ideaalisista pelivälineistä ja alustoista, tai sitten reaalimaailman epätasaisuudet voivat olla keskeinen osa pelimaailmaa.

Lauta- ja korttipelien tapauksessa mainitsin, että osa pelin säännöistä kuvailee kuvitteellisen pelimaailman luonnonlait. Seuraavaksi pohdin sitä, voidaanko biljardipeli mieltää samaan tapaan kuvitteellisena maailmana, jossa on omat luonnonlakinsa.

Biljardissa on sääntöjä, kuten se, että pelaajat lyövät palloa vuorotellen, paitsi että pussittamisen jälkeen sama pelaaja saa jatkaa, jotka on helpointa mieltää pelimaailman luonnonlakeina. Suuri ero lauta- ja korttipeleihin on se, että reaalimaailman luonnonlait, nimittäin Newtonin fysiikka kuvaillessaan pallojen liikettä ja törmäyksiä, ovat osa biljardimaailman luonnonlakeja. Sama pätee myös petankille. Biljardissa on myös kakkostyypin sääntöjä, jotka siis kuvailevat sitä, kuinka pelimaailmaa approksimoidaan reaalimaailmassa. Abstrakti biljardi lienee helpointa mieltää niin, että biljardimaailmassa pallot eivät voi lentää ulos pöydältä. Koska reaalimaailman biljardissa näin kuitenkin voi käydä, tarvitaan kakkoskategorian sääntöjä, jotka kertovat, kuinka tällaisissa tapauksissa toimitaan.

Loppuyhteenveto on se, että biljardi ja petankki voidaan mieltää kuvitteellisina pelimaailmoina. Tosin reaalimaailman luonnonlait sekoittuvat biljardimaailmaan toisin kuin lauta- ja korttipelien tapauksessa. Petankin tapauksessa petankkimaailmaan sekoittuvat myös pelialustan epätasaisuudet.

Olemme saaneet nyt ekskursion lauta- ja korttipelien ulkopuolelle päätökseen, ja seuraavissa osissa keskitymme tutkimaan vain lauta- ja korttipelejä.

Etiikka

En ole koskaan uskonut, että reaalimaailmassa "hyvä" ja "paha" olisivat luonnollisia ominaisuuksia, vaan uskon niiden olevan jotain ihmisten keksimää. Tässä suhteessa tietyt fiktiiviset maailman eroavat reaalimaailmasta: Esimerkiksi J.R.R. Tolkienin Sormusten Herran maailmassa hyvä ja paha ovat luonnollisia ominaisuuksia. Pelimaailmat muistuttavat J.R.R. Tolkienkin maailmaa siinä, että myös pelimaailmoissa eettiset käsitteet ovat luonnollisia ominaisuuksia, ja keskeinen osa pelimaailman kuvausta. Nuo eettiset ominaisuudet vain eivät ole nimeltään hyvä ja paha, vaan voittaminen ja häviäminen. Voittaminen on se, mitä kohti pyrkimiseen pelaajalla on pelimaailmassa eettinen velvollisuus, ja häviäminen on se, minkä välttämiseen pelaajalla on pelimaailmassa eettinen velvollisuus.

On helppoa nähdä, että voittamis- ja häviämisehdot ovat keskeinen osa pelimaailman kuvausta: Joitain pelejä voidaan pelata myös misäärinä (eli niin, että voittoehto on käänteinen, alkuperäisen pelin häviäjä on misäärin voittaja), ja kuten kaikki pelurit tietävät, misääriversio pelistä on aivan eri peli kuin alkuperäinen peli.

Se voittaminen, jonka tavoittelemiseen pelaajalla on eettinen velvollisuus, voi vaihdella jonkun verran riippuen pelattavan pelin variantista. Esimerkiksi canastapelissä pelaajat saavat pisteitä, ja peli päättyy sen joukkueen voittoon, joka ensin saa vähintään 5000 pistettä. Canastaa voidaan pelata joko pelkästä voitosta niin, että joukkueen eettinen velvollisuus on pyrkiä olemaan ensimmäinen joukkue,

135

joka saavuttaa ensin 5000 pistettä. Toinen mahdollisuus on pelata niin, että joukkueen eettinen velvollisuus on pyrkiä maksimoimaan piste-erotus voitettaessa ja minimoimaan se hävittäessä. Se kumpaa varianttia pelataan, on sopimuskysymys, josta pelaajat sopivat ennen pelin alkua. Ainakin me pelaamme niin, että normaalisti pelataan ensimmäistä varianttia. Jos haluamme pelata toista varianttia, sovimme, että pelin loputtua häviäjäjoukkue maksaa voittajajoukkueelle piste-erotuksen rahassa. Näin saamme approksimoitua tuota pelimaailman hiukan abstraktia eettistä velvollisuutta reaalimaailman taloudellisella kannustimella.

Toimiessaan pelimaailman agenttina pelimaailman sisällä pelaajalla on vain yksi eettinen velvollisuus: pyrkiä voittamaan ja välttämään tappiota (tai variantista riippuen, pyrkiä maksimoimaan voitto ja minimoimaan tappio.) Joku voisi kysyä, että eikö pelaajalla sitten ole eettistä velvollisuutta esim. olla huijaamatta pelissä. Vastaukseni on: Kyllä, mutta ei pelimaailman sisäisenä agenttina. Muistamme, että pelin säännöt ovat pelimaailman luonnonlakeja, ja huijaaminen tarkoittaa pelin sääntöjen rikkomista. Kuten luonnolakeja yleensä, myös kuvitteellisen pelimaailman luonnonlakeja on mahdotonta rikkoa. Näin pelimaailman sisäisenä agenttina pelaajalla ei erikseen tarvitse olla eettistä velvollisuutta olla huijaamatta, koska kuvitteellisen pelimaailman sisällä huijaaminen on mahdotonta.

Kuitenkin pelaaminen noin käytännössä tapahtuu reaalimaailmassa, jossa voi huijata pelissä eli rikkoa pelimaailman ja sitä approksimoivan reaalimaailman osan välisen vastaavuuden. Näin tulemmekin siihen keskeiseen eettiseen velvollisuuteen, joka jokaisella pelaajalla on reaalimaailman pelurina: Toimia niin, että pelimaailman ja sitä simuloivan reaalimaailman osan välinen vastaavuus säilyy mahdollisimman hyvin. Tähän velvollisuuteen sisältyy ensinnäkin velvollisuus olla huijaamatta, toisekseen velvollisuus tehdä pelimaailman sisäiset päätökset niin, että niillä pyritään voittoon, sekä muutamia muita velvollisuuksia, joihin palaamme tämän tutkielman seuraavissa osissa.

Esimerkkejä korttipeleistä

Aiemmissa osissa olemme todenneet, että lauta- ja korttipelit ovat abstrakteja, kuvitteellisia pienoismaailmoja, joita käytännön pelitilanteet approksimoivat. Tässä osassa selitämme eräitä korttipeleissä vastaantulevia ilmiöitä teoriani avulla.

Merkityt kortit

Korttipelimaailmoissa vallitsee universaali luonnonlaki, että kortteja ei pysty erottamaan toisistaan selkäpuolen perusteella. (Jos ollaan tarkkoja, olen sitä mieltä, että kortit ovat vain symboleja jollekin abstraktille, mutta tässä esimerkissä meidän ei tarvitse mennä niin syvälle, vaan voimme puhua idealisoiduista korteista korttipelimaailmojen objekteina.) Reaalimaailmassa korttien selkäpuolet kuitenkin ovat vain jotakuinkin identtisiä ja niissä on pieniä eroja.

Yleensä, esimerkiksi bridgekerhoilla, käytetyt kortit ovat suhteellisen uusia, nuo pienet erot selkäpuolissa eivät aiheuta ongalmia, ja ihmiset eivät pysty erottamaan toisten pelaajien käsissä olevia kortteja selkäpuolten operusteella. Tällaisissa tilanteissa uudehkot pelikortit approksimoivat idealisoituja pelikortteja riittävällä tarkkuudella.

Joskus, esimerkiksi kotioloissa, pelataan vanhemmilla korteilla, jotka periaatteessa olisivat tunnistettavissa selkäpuolten perusteella, jos vain pelaajilta löytyisi viitseliäisyyttä opetella minkä kortin selkäpuolella on mikäkin kuluma. Viihteeksi korttia pelaavat pelaajat eivät yleensä tuohon opetteluprojektiin viitsi ryhtyä. Syynä on ensinnäkin urakan työläys, ja toisekseen se, että tuo opettelu rikkoisi pelimaailman ja sitä approksimoivan reaalimaailman osan välisen eron ja olisi näin ollen huijaamista.

Joskus harvoin, esimerkiksi kesämökillä, voivat kortit olla niin kuluneita, että pakassa on joitain nk. tuntokortteja, eli kortteja joissa on selkeitä taittumia tai naarmuja, ja joista kaikki tietävät, missä korteissa nuo kulumat ovat. Tällaisella pakalla pelaaminen tarjoaa melko huonon vastaavuuden idealisoidun korttipelimaailman ja reaalimaailman välille, mutta kevyttä viihdepeliä varten vastaavuus voi olla kuitenkin niin hyvä, että peli on hauskaa vaikka jotkut kortit ovatkin tunnistettavissa.

Korttien selkäpuolten tunnistaminen pienenpienten erojen avulla tuottaa ongelmia kuitenkin eräässä kontekstissa: Kun pelataan niin suurista rahasummista, että peli houkuttelee ammattimaisia korttihuijareita. Ammattimaiset korttihuijarit kykenevät tekemään korttien selkäpuolille maallikon silmiin huomaamattomia tuntomerkkejä ja erottamaan muiden pelaajien käsissä olevat kortit niiden avulla. Kirjassaan "Scarne's Encyclopedia of Card Games" taikuri ja korttihai John Scarne kuvaa ongelmaa näin:

> Some years ago, I invited six card-playing couples to my home and tried an experiment. I gave them a dozen decks of cards still sealed in their original wrappers. "You have been playing cards for the past twenty years", I said. "[...] One deck is marked and can be read from the back. I'll bet that [...] none of you can find it."

> [...] They even examined the card cases before opening the decks, looking for signs of tampering with the government seal. [...] Then they began examining the backs of the cards. [...]

"Okay", one of them said finally. "We give up. Which one is it?". "I have confession to make", I said then, "I lied, when I told you that one deck is marked." [...] [I said:] "As a matter of fact, all twelve decks are marked."

Tilanteissa, jossa taitavan huijarin osallistuminen peliin on mahdollista, on huomattavan hankalaa saada hyvä vastaavuus abstraktin korttipelimaailman ja sitä approksimoivan reaalimaailman osan välille.

Näin olemme nähneet, että se, kuinka hyväkuntoisia korttien pitää olla tarjotakseen riittävän approksimaation abstraktista pelimaailmasta riippuu monesta tekijästä: Käytettävissä olevat resurssit, pelin vakavuus ja pelaajien kyky tunnistaa kortteja.

On huomattava, että esimerkiksi Scarne pitää tuollaisten ammattimaisten korttihuijareiden harjoittamaa korttien lähes huomaamatonta merkitsemistä nimenomaan pelissä huijaamisena eikä esimerkiksi legitiiminä pelistrategiana. Pidän tätä tilannetta erittäin vahvana argumenttina teoriani puolesta: Mitään sääntöä sille, milloin korttien selkäpuolet ovat riittävän samanlaisia ei voida antaa, vaan se riippuu vahvasti tilanteesta. Ainakaan itse en kykene hahmottamaan asiaa kunnolla muuten kuin oman teoriani valossa: Korttipeli tapahtuu kuvitteellisessa idealisoidussa maailmassa. Korttien merkitseminen ja merkkien lukeminen rikkoo idealisaation ja sitä simuloivan reaalitodellisuuden välisen eron ja näin ollen rikkoo pelureiden eettistä velvollisuutta säilyttää reaalitodellisuuden ja idealisoidun pelimaailman välinen vastaavuus mahdollisimman hyvänä.

Vastustajan korttien kurkkiminen

Korttipelimaailmoissa on universaali luonnonlaki, että muut pelaajat eivät näe pelaajan kädessä olevia kortteja. Todellisessa maailmassa jotkut pelaajat kuitenkin pitävät kortteja kädessään niin huolimattomasti, että vierustoverit pystyvät kurkkimaan niitä. Jotkut pitävät kortteja niin huolimattomasti, että vierustoverit väistämättä näkevät ne.

Monien pelaajien mielestä muiden korttien näkeminen pilaa pelin, ja he pyrkivät olemaan näkemättä muiden kortteja, vaikka muut pitäisivätkin niitä huolimattomasti kädessään. Monet pelaajat myös pyytävät huolimatonta pelaajaa piilottamaan korttinsa paremmin. Minun teoriani mukaan tämä on eettistä. Kaikilla pelaajilla on kollektiivinen vastuu säilyttää vastaavuus abstraktin pelimaailman ja sitä simuloivan todellisen maailman osan välillä.

Bridgekerhoilla on tyypin 2 sääntö, että huolimatonta vastustajaa täytyy pyytää piilottamaan korttinsa paremmin kolme kertaa, ja jos kolmaskaan sanominen ei auta, sen jälkeen tämän kortteja saa katsella vapaasti. Tämä on kompromissi pelin jouhevuuden ja simulaation tarkkuuden välillä. Jos kolme sanomista ei auta, miksi vaivautua?

Kuitenkin niin bridgekerhoilla kuin kotona pelatuissa peleissäkin on paljon pelaajia, jotka eivät huomauta vastustajalle, jos tämä pitää korttejaan huolimattomasti. Sen sijaan he katselevat muiden koetteja tilaisuuden tullen. He perustelevat toimintaansa niin, että korttien vilauttelu on vilauttelijan oma vika; kortteja on tosiaan mahdollista pitää kädessä niin, että muut eivät näe niitä. Näiden pelaajien mielestä korttien piilossapitäminen on osa peliä, ja korttien vilauttelu on huonoa pelaamista, josta sopiikin rangaista. Minun mielestäni näin ajattelevat rakentavat pelimaailmansa yksinkertaisesti väärin. Korttipelit ovat älypelejä, ja fysikaaliset yksityiskohdat kuten se, miten pelaaja pitää kortteja kädessään eivät ole osa pelimaailmaa.

Viestintä parikorttipeleissä

Seuraavaksi käsittelemme sen esimerkin, jota varten alun perin kehitin teoriani kuvitteellisista pelimaailmoista.

Joitain korttipelejä, kuten esimerkiksi bridgeä ja canastaa pelataan kahden hengen joukkueissa. Yleensä tällaisissa peleissä pelaa kaksi joukkuetta vastakkain, eli yhteensä neljä pelaajaa. Joukkuetoverit eivät näe toistensa kortteja. He eivät myöskään saa keskustella keskenään pelistrategioista. Tärkein asia tämän esimerkin kannalta on seuraava: Joukkuetoverit eivät saa viestiä toisilleen mitään ilmeillään, eleillään, kehonkielellään, salaisilla signaaleilla tai millään sellaisella. Myöskään sillä, kuinka kauan miettii, ei saa viestiä mitään joukkuetoverilleen.

Joukkuetoverit kuitenkin saavat viestiä asioita toisilleen pelimaailman sisäisillä seikoilla, siis sillä, minkä pelisiirron he vuorollaan tekevät.

Kirjassaan "Uusi täydellinen skruuvipelin ohjekirja" E.N. Maalari kuvaa tilannetta näin:

Skruuvi on herrasmiesten peli. Sen harrastajien kesken oli alusta alkaen sääntönä että se, joka käyttäytyi alaarvoisesti, puhumattakaan sellaisesta, joka teki jotain vilppiä, suljettiin pelaajien parista pois.

On ehdottomasti pyrittävä siihen, että toimitaan nopeasti, aikaa haaskaamatta. Oman tilanteen kuvaaminen turhaan miettimällä on aivan tuomittavaa. Kasvojen on oltava liikkumattomat kuin muumiolla. Niitten avulla ei saa osoittaa suuttumuksen, ilon, pettymyksen tai hyväksymisen merkkejä niin kauan kuin peli on käynnissä ja pelitoveriin voi vaikuttaa tällä lailla.

[...] Pelitoverin silmiin tuijottaminen on sopimatonta. Häpäisee itsensä ja loukkaa pelitoveriaan, jos pyrkii lukemaan jotain hänen kasvoistaan.

Olipa kuinka vilkas tai kuumaverinen tahansa, ei saa purkaa sisuaan ja näyttää mieltään pelin kestäessä. Sen päätyttyä useat eivät voi hillitä itseään. Silloin tapahtuvat purkaukset eivät olekaan pelisääntöjen vastaisia.

Oman teoriani valossa analysoin tilanteen seuraavasti: Idealisoiduissa parikorttipelimaailmoissa pelaajat eivät näe toistensa (erityisesti joukkuetoverinsa) kasvoja tai kehonkieltä, eivätkä he voi (esimerkiksi) puhua toisilleen. Idealisoiduissa parikorttipelimaailmoissa

141

pelaajat eivät myöskään tiedä toistensa käyttämää miettimisaikaa. (Itse asiassa idealisoiduissa parikorttipelimaailmoissa ajan voidaan kuvitella kuluvan diskreetteinä "pelisiirtoina", joiden välissä ei ajatella olevan ajanjaksoa.) Parikorttipeli ovat siitä ongelmallisia otuksia, että hyvän approksimaation saavuttaminen idealisoidusta parikorttipelimaailmasta on todella hankalaa. Ihmiset viestivät tahtomattaan asioita ilmeillään ja kehonkielellään, samoin käyttämällään miettimisajan pituudella. Yleensä, kodeissa pelattavissa vakavissakin peleissä ja bridgekerhoilla asia hoidetaan tekemällä herrasmiessopimus: Itse kukin tekee parhaansa pitääkseen "pokerinaaman" mahdollisimman hyvin (vaikkei sitä voikaan tehdä täydellisesti) ja on lukematta pelitilanteen kannalta olennaisia asioita joukkuetoverinsa ilmeistä tai miettimisajasta. Herrasmiessopimukseen liittyy myös se, että tarkoituksellinen elehtiminen on ehdottoman tuomittavaa.

Tämä on toimiva kompromissi toteutuksen helppouden ja riittävän approksimoinnin välillä, vaikkei se olekaan täydellinen approksimaatio. Rajumpiin toimenpiteisiin ryhdytään vain huipputason bridgessä. Todella merkittävissä bridgeturnausissa käytetään nk. skreenejä, eli pöydälle asetettavia näköesteitä, jotka estävät joukkuetovereita näkemästä toisiaan.

Kerho- ja turnausbridgessä on lisäksi rajoitettu tietyissä tilanteissa tahatonta miettimisajan pituudella viestimistä. Tietyissä tilanteissa pelaaja voi asettaa pöydälle nk. stop-lapun. Tämän jälkeen seuraava pelaaja (joka on stop-lapun pelanneen pelaajan vastustaja) ei saa tehdä omaa pelisiirtoaan (tässä tapauksessa tarkemmin sanoen tarjousta) heti, vaan hänen on mietittävä hetki, tai ainakin teeskenneltävä miettivänsä.

Muutoin tahatonta miettimisajan pituudella viestimistä katsotaan parikorttipeleissä aika pitkälti läpi sormien.

Puhumalla viestimisen kieltäminen kerhobridgessä hoidetaan yleensä niin, että kortit kädessä ei puhuta (lukuunottamatta pelin kulun kannalta välttämättömiä ilmauksia, kuten kysymyksiä siitä, kenen vuoro on, jos se on päässyt unohtumaan). Kun pelaamme karveriporukassa canastaa, käytämme yleensä lievempää sopimusta:

Kaikesta muusta saa puhua paitsi käynnissä olevasta pelitilanteesta. Menneistä pelitilanteista puhumisen sallimme. Joskus harvoin pelaajat ovat erimielieiä siitä, vaikuttaako jokin mennyt tilanne käynnissä olevaan pelitilanteeseen. Tällaisissa tilanteissa kuka tahansa pelaajista voi kieltää jostain tietystä menneestä pelitilanteesta keskustelemisen. Kyse on siis kompromissista sosiaalisuuden ja ideaalin approksimoinnen välillä, ja se on osoittautunut riittävän hyväksi kompromissiksi.

Lopuksi huomautetaan vielä, että internetissä pelattavassa bridgessä eivät pelitoverit tietenkään näe toistensa kehonkieltä, joten siellä saavutetaan face-to-face -peliä parempi approksimaatio ideaalitilanteesta.

Yliannot skruuvissa

Joskus harvoin syntyy tilanteita, jossa pelaajat ovat yksimielisiä siitä, kuinka peli reaalimaailmassa etenee, mutta ovat erimielisiä siitä, mikä on oikea abstrahoitu pelimaailma.

Skruuvissa on tilanne, jossa tietty pelaaja antaa yhtaikaa neljä korttia joukkuetoverilleen. Kortit ovat pinossa, joten ne ovat reaalimaailmassa tietyssä järjestyksessä. Kuitenkin kysymys siitä, onko noilla korteilla idealisoidussa skruuvimaailmassa järjestystä vai ei, on synnyttänyt erimielisyyksiä. (Matemaattisesti ilmaistuna, kyse on siitä, annetaanko skruuvimaailmassa *joukko* vai *jono* kortteja.)

Kysymys vaikuttaa käytännön peliin. Jos olemme sitä mieltä, että idealisoidussa skruuvimaailmassa annetaan jono kortteja, eli korteilla on järjestys, voidaan täysin legitiimisti korttien järjestyksellä välittää informaatiota joukkuetoverille. Jos taas idealisoidussa skruuvimaailmassa annetaan joukko kortteja, eli korteilla ei ole järjestystä, on korttien reaalimaailman järjestyksellä viestittäminen pelissä huijaamista.

E.N. Maalari kuvaa tilannetta seuraavasti. Hän siis on (minun terminologiassani) joukko-idealisaation kannalla, mutta myöntää kirjan kirjoitushetkellä kuuluvansa vähemmistöön.

Aikaisemmin oli renomaan markkeeraaminen korttien järjestyksellä täysin kiellettyä. Joka sellaista yritti, heitettiin armotta ulos herrasmiesten joukosta. Nykyisin on kuitenkin kaksi markkeeraamistapaa tullut niin yleisiksi, että niitä vastaan taisteleminen on osoittautunut turhaksi ja toivottamksi. Tästä syystä omaksun nämä kaksi markkeeraamistapaa kirjassani, vaikka tähän saakka aina olen yrittänyt tehdä kaikkeni näitäkin markkeeraustapoja vastaan.

Tämä oli siis vuodelta 1944. Vuonna 2004 julkaistussa vihkosessa Skruuvi (toim. Hannu Taskinen) puolestaan on kehitetty nk. Kallion yliannot, kahden sivun opastus korttien järjestyksellä viestimiseen. Vaikka vihkonen ensisijaisesti suositteleekin jonotulkintaa, se pitää myös joukkotulkintaa mahdollisena:

> Kuvaamamme skruuvin kehitys ja etenkin Kallion yliannot noudattaa yleisempää korttipelien kehityslinjaa kohti entistä suurempaa informaation määrää ja sattuman merkityksen vähentämistä. Jos näiden konventioiden käyttö tuntuu liian vaativalta, on tietenkin täysin sallittua, että ne jätetään huomiotta.

Vahingossa näytetyt kortit

Teoriani mukaan abstrakteissa pelimaailmoissa pelien säännöt ovat luonnonlakeja, joita ei voi rikkoa. Erityisesti parikorttipeleissä pelaajien on mahdotonta näyttää korttejaan joukkuetoverilleen muutoin kuin sääntöjen määräämillä tavoilla. Kuitenkin vahinkoja sattuu, ja reaalimaailmassa pelaajat silloin tällöin vahingossa näyttävät kortteja toisilleen sääntöjen kieltämillä tavoilla.

Niinpä canastassa (korttipeli, jossa kaksi kahden hengen joukkuetta pelaa toisiaan vastaan) on huomattava määrä kakkostyypin sääntöjä, jotka käsittelevät sitä, mitä väärin näytetyille korteille ja muulle sääntörikkeiden kautta paljastetulle informaatiolle tehdään.

Korttien osalta pääsääntö on se, että luvatta paljastetut kortit on pelattava ensimmäisen tilaisuuden tullen. Tietystä luvatta paljastetusta informaatiosta annetaan myös vastustajille hyvityspisteitä. Näiden sääntöjen tarkoitus on huolehtia siitä ettei kukaan joutuisi kärsimään siitä, että vastustajat rikkovat sääntöjä, eikä abstraktin pelimaailman ja sitä approksimoivan reaalitodellisuuden välisen vastaavuuden rikkominen edes vahingossa olisi kannattavaa (pelin voittamisen kannalta). Nämä säännöt vastaavat tarkoitustaan yleensä, joskaan eivät täysin universaalisti.

Ratkaisevaa on se, että edellämainituilla kakkostyypin säännöillä taktikoiminen on epäeettistä. "Virhettä" ei saa tehdä tahallaan, vaikka siitä säädetty rangaistus olisi pienempi kuin siitä saavutettava hyöty. Näin näemme jälleen toiminnassa pelureiden eettisen maksiimin, jonka mukaan pelimaailman ja sitä approksimoivan reaalitodellisuuden osan välinen vastaavuus on pyrittävä säilyttämään mahdollisimman hyvin.

Konventiot

Normaalisti pelin kulku voidaan kuvailla sääntöjen ja strategioiden avulla. Säännöt kuvaavat sen, mikä on se voittotavoite, johon pelaajien tulee pyrkiä sekä sen, millaiset siirrot ovat pelissä mahdollisia. Strategiat puolestaan kuvailevat sitä, kuinka pelaajien kannattaa käyttää sääntöjen jättämä valinnanvara niin, että he pääsevät pelin voittotavoitteeseen mahdollisimman tehokkaasti.

Parikorttipeleissä (siis korttipeleissä, joissa kaksi kahden hengen joukkuetta pelaa vastakkain) on sääntäjen ja strategioiden lisäksi kolmas elementti: Konventiot.

Parikorttipeleissä joukkuetoverit eivät näe toistensa kortteja eivätkä saa viestiä toisilleen puheella, eleillä tai muilla abstraktin pelimaailman ulkoisilla seikoilla. Sitä vastoin joukkuetoverit saavat viestiä toisilleen pelisiirtojen valinnalla. Ennen pelin alkua joukkue voi sopia, että tietyt pelisiirrot ovat signaaleja, joilla on merkitys. Tyypillisesti signaalit ovat muotoa "Jos pelaan sellaisessa-ja-sellaisessa vaiheessa sellaisen-ja-sellaisen kortin, se merkitsee, että minulla on sellaisia-ja-sellaisia kortteja kädessäni." Tällaisia signaaleja, joilla on ennalta sovittu merkitys, kutsutaan *konventioiksi*. Näin konventioilla on *semantiikka*.

Pareittain pelattavat korttipelit ovat melko usein tarjoustikkipelejä. Tarjoustikkipeleissä peli alkaa niin, että pelaajat tekevät tarjouksia. Tarjouksissa pelaaja lupautuu ottamaan niin-ja-niin monta tikkiä tai pistettä, ja korkeimman tarjouksen tekijä saa tyypillisesti vaikuttaa pelin kulkuun tietyillä erikoistavoilla, esim. määräämällä valttimaan. Tarjoustikkipeleissä, joihin mm. bridge ja skruuvi lukeutuvat, onkin yleensä huomattava määrä tarjouskonventioita, joilla viestitään oman käden sisältöä parille. Nämä siis ovat tyyppiä "Jos teen sellaisessa-ja-sellaisessa vaiheessa sellaisen-ja-sellaisen tarjouksen, se merkitsee, että minulla on sellaisia-ja-sellaisia kortteja kädessä."

Seuraavaksi esitän ehdotuksen sille, millaiset luonnonlait koskevat konventioita tarjoustikkipeleissä. Sen jälkeen tutkin, kuinka bridge approksimoi ehdotustani käytännön pelitilanteissa. Lopuksi esitän kritiikkiä ehdotustani vastaan.

Ehdotukseni on seuraava:

1. Joukkue sopii vapaasti keskenään, millaisia konventioita he käyttävät.

2. Kaikki pelaajat tietävät, mitä konventioita vastustajajoukkue käyttää.

3. Joukkueella on ollut mahdollisuus sopia puolustuskonventioita vastustajien käyttämiin konventioihin. (Ja sopiessaan näitä puolustuskonventioita he siis ovat tienneet, millaisia konventioita vastustajajoukkue käyttää.)

4. Konventioita voi rikkoa, mutta tällöin huijaa joukkuetoveriaan siinä missä vastustajiakin.

Kohta (2) on kiistaton: Tämä on pääasiallinen konventioita käsittelevä laki korttipelimaailmoissa. Kohdat (1) ja (3) ovat ideaaleja, jotka ovat joskus keskenään ristiriidassa. Kohta (4) aiheuttaa pieniä ongelmia.

Kohta (2) toteutetaan kerhobridgessä nk. systeemikorttien avulla. Joukkue kirjaa lapulle käyttämänsä konventiot, ja antaa lapun ennen pelin alkua vastustajille, jotka voivat lukea lappua koko pelin ajan. Lisäksi aivan tavallisimmista tarjouskonventioista poikkeavat konventiot pitää nk. alertoida. Jos siis pelaaja tekee tällaisen aivan tavallisimmista poikkeavan konventionaalisen tarjouksen, on hänen joukkuetoverinsa kopautettava pöytää merkiksi siitä, että jotain erikoista tapahtuu. Lisäksi pelaajat saavat tarjousten aikana, milloin tahansa omalla vuorollaan, kysyä vastustajilta näiden tarjousten merkityksiä. Kohdat (1) ja (3) ovat ristiriidassa. Yleensä systeemikortti annetaan vastustajille hiukan ennen pelin alkua, ja jos konventiot ovat hyvin erikoisia, ei vastustajilla ole aikaa suunnitella ja sopia puolustuskonventioita niihin. Niinpä kerhoissa ja tavallisissa bridgeturnauksissa yleensä toimitaankin niin, että konventiot saa valita vapaasti, mutta vain suhteellisen yleisesti käytettyjen konventioiden joukosta. Voidaan olettaa, että kompetentti bridgejoukkue on sopinut puolustuksen tällaisiin. Tätä rajoitusta perustellaan nimenomaan sillä, että vastustajilla pitää olla mahdollisuus sopia puolustuskonventiot.

Aivan huipputason bridgessä, maailmanmestaruuskisoissa, on käytössä parempi approksimaatio kohdasta (1). Joukkue saa sopia käyttämänsä konventiot vapaasti, mutta ne on julkistettava tietty aika ennen turnauksen alkua. Näin vastustajille jää aikaa puolustuskonventioiden sopimiseen.

Kohdat (4) ja (2) aiheuttavat vielä tiettyjä ongelmia. Yleensä konventiot jättävät pelaajalle harkinnanvaraa, ja eri pelaajat käyttävät tuon harkinnanvaran omalla persoonallisella tyylillään. Samoin pelaajat rikkovat sopimiaan konventioita oman persoonallisen tyylinsä mukaisesti. Jos bridgejoukkue on pelannut kauan yhdessä, joukkuetoverit ovat oppineet tuntemaan toisensa ja tietävät, millä tavoin heidän joukkuetoverinsa rikkovat konventioita ja käyttävät konventiosysteemin jättämää pelivaraa. Tällainen kokemuksen tuoma sanallistamaton tieto voidaan kuitenkin mieltää de facto -konventioina, jotka joukkuetoveri tietää, toisin kuin vastustajat. Tämän takia kohdat (2) ja (4) eivät täysin toteudu, mutta tässäkään lääkkeeksi ei käy oikein muu kuin herrasmiessopimus, että tällainen efekti tulisi pyrkiä minimoimaan.

Lupasin vielä lopuksi kritisoida ehdotustani konventioita käsitteleviksi pelimaailman luonnonlaeiksi. Kritiikkini kohdistuu pykälään (1). Kuten edellä näimme, se ei toteudu kunnolla kerhobridgessä.

Muistan eräällä bridgekeskustelupalstalla nähneeni humoristisen postauksen, jossa kirjoittaja tutki, mitä tapahtuisi, jos shakkia pelattaisiin samoin kuin bridgeä. Vastustaja toisi peliin systeemikortin, jossa kerrottaisiin, että hänellä hevonen liikkuukin kolme askelta yhteen suuntaan ja sitten askeleen sivuun. Systeemikortissa kerrottaisiin myös, että sellaisissa-ja-sellaisissa tilanteissa torni liikkuukin diagonaalisesti. Kuvaus jatkui samanlaisena. Kirjoittaja siis esitti absurdin tilanteen, jossa systeemikortti muuttaa shakkimaailman luonnonlakeja. Kirjoittajan ilmeisenä tarkoituksena oli esittää, että konventioiden vapaa sopiminen muuttaa bridgemaailman kuvausta, mikä oli kirjoittajan esittämän mukaan väärin, ja kirjoittajan mukaan bridgeä tulisi tulisi alkaa pelaamaan niin, että kaikki käyttävät samoja, kaikkein yleisimpiä konventioita. Näin siis kirjoittaja vaikutti advokoivan sen vaihtoehdon puolesta, että kaikkein yleisimmät konventiot tulisi säätää pakollisiksi, ja näin ollen osaksi bridgemaailman kuvausta. Samantapaisia toiveita kuulee bridgenpelaajilta aika-ajoin. Perusteluna käytetään sitä, että suht. vapaasti sovittavat konventiot tekevät pelistä kohtuuttoman vaikean hallita.

Vastaavaan tilanteeseen törmäsin, kun suunnittelimme taannoin matematiikanopiskelijoiden kanssa huutopussiturnausta. Matematiikanopiskelijoiden opiskelijahuoneessa pelattiin paljon neljän hengen parihuutopussia, ja tuossa opiskelijahuoneessa oli peliin vakiintunut tietty kokoelma tarjouskonventioita, jotka olivat melko mukava kompromissi tehokkuuden ja omaksumisen helppouden kanssa. Kuitenkin oli odotettavissa, että turnaukseen tietyt pelaajat olisivat kehitelleet uusia, ultratehokkaita tarjouskonventiosysteemejään. Lopputulos (jonka kanssa olin henkilökohtaisesti eri mieltä) oli se, että turnauksessa kiellettiin kaikkien muiden konventioiden käyttö kuin niiden, jotka olivat vakiintuneet opiskelijahuoneessa. Perusteluna käytettiin sitä, että muutoin tehokkaiden konventioiden kehittelijät olisivat saaneen muka-epäreilun etulyöntiaseman. (Henkilökohtaisesti olin sitä mieltä, että tehokkailla konventioilla pelaaminen on parempaa pelaamista, josta sietääkin palkita voitolla.)

Näin tuosta huutopussikonventiokokoelmasta tuli osa matema-

149

tiikanopiskelijahuutopussimaailman kuvausta. Tämä pelimaailma oli mielestäni omituinen, sillä nyt maailmalla oli kiinnitetyt luonnonlait, kiinnitetty etiikka (voittaminen), ja lisäksi vielä tietyillä signaaleilla oli kiinnitetty semantiikka, joka oli osa pelimaailman kuvausta. Näin voinemme katsoa, että konventioiden oikea käsittely ideaalisten pelimaailmojen teoriassa riippuu tilanteesta: Toisinaan alussa esittämäni konventioiden vapaa sopiminen on oikea tapa muodostaa abstrakti pelimaailma. Joissain tilanteissa taas konventiot on parasta ottaa osaksi pelimaailman kuvausta, jotta teoriani ja käytännön välinen kuilu ei muodostuisi ylitsepääsemättömäksi.

Myös Hannu Taskisen toimittama skruuvi-vihkonen samaistaa konventiot ja säännöt, joka näin ollen näyttäisi tukevan sitä, että konventiot olisivat kirjoittajan mukaan osa pelimaailman kuvausta:

Tärkeää on vain se, että kaikki noudattavat samoja sääntöjä ja konventioita.

Alussa esittämässäni ehdotelmassa, jossa joukkue saa valita käyttämänsä konventiot vapaasti, yllämainittu ei päde, sillä joukkue voi aivan hyvin käyttää eri konventioita kuin vastustaja. (Tällöin tärkeää olisi vastaavasti se, että kaikki tietäisivät, mitä konventioita kukin joukkue käyttää.)

Ajanotto lautapeleissä

Tämä on viimeinen osa pelien metafysiikkaa käsittelevässä kirjoitussarjassa. Aiemmin olemme todenneet, että pelit ovat abstrakteja, idealisoituja pienoismaailmoja, joissa on omat luonnonlakinsa. Lauta- ja korttipelimaailmoissa aika ei etene tunneissa ja minuuteissa, vaan diskreeteissä siirroissa, jotka seuraavat toisiaan. Koska reaalimaailmassa kuitenkin pitää pystyä approksimoimaan pelimaailmaa, tarvitaan välineitä pelimaailman ja reaalimaailman erilaisten aikojen yhteensovittamiseksi. Koska pelin siirtojen yleensä halutaan olevan enemmän tai vähemmän korteatasoisia, pelaajilla täytyy olla mahdollisuus miettiä siirtojaan. Peli kuitenkin täytyy saada loppuun jossain järkevässä ajassa, joten miettimisaikaa täytyy rajata tavalla tai toisella.

Kotona ja kerhoissa pelattavissa peleissä yleensä asia hoidetaan herrasmiessopimuksella: Pelaajat yrittävät pelata suhteellisen nopeasti, mutta saavat kiperän paikan tullen ottaa itselleen miettimisaikaa. Yleensä rajanveto sopivan miettimisajan suhteen ei aiheuta ongelmia, vaan pelaajat sanattomasti sopeutuvat toistensa pelinopeuteen. Toisinaan peliporukkaan saattaa eksyä pelaaja, joka pelaa ärsyttävän hitaasti ja miettii ärsyttävän kauan, ja muut voivat joko sietää hidastelua tai hoputtaa hidasta pelaajaa.

Kerho- ja turnausbridgessä on tärkeää, että kaikissa kerhon tai turnauksen pöydissä jako pelataan suunnilleen samalla nopeudella. Yleensä bridgessä jokaista jakoa varten on varattu tietty etukäteen määrätty aika, joka on hiukan alle kymmenen minuuttia. Aikatau-

151

lussa pysyminen hoidetaan herrasmiessopimuksella: Pelaajat tekevät parhaansa pysyäkseen aikataulussa, mutta saavat kiperän paikan tullen ottaa itselleen miettimisaikaa. Jos aikataulussa pysyminen tuottaa ongelmia, voi kilpailunjohtajaksi nimetty henkilö huutaa johonkin pöytään, että pitäisi pelata nopeammin. Systeemi toimii hyvin.

Go- ja shakkiturnauksissa pelaajat hyötyvät huomattavasti ylenmääräisestä miettimisajan ottamisesta itselleen, ja näin ollen tarvitaan muodollisia välineitä miettimisajan rajoittamiseksi. Näin pelissä käytetäänkin pelikelloa. Kullakin pelaajalla on aikakiintiö, jonka hän saa käyttää peliinsä, ja jos pelaaja ylittää kiintiönsä, hän häviää pelin.

Pelin häviäminen ajalla ei tietyssä mielessä ole hyvä approksimaatio abstraktista pelistä, mutta tässä tulee näkyviin ero turnauspelaamisen ja muun pelaamisen välillä: Turnauksessa pelaajille voittaminen ja häviäminen voi merkitä hyvinkin paljon, joten turnauksissa on tärkeää olla yksiselitteiset säännöt, jotka eivät jätä tulkinnanvaraa, ja myös kakkostyypin sääntöjen on oltava tällaisia. Näin turnaussäännöissä yleensä lähdetään siitä, että herrasmiessopimuksella hoidettavia asioita on mahdollisimman vähän, pelin kulun häiritsemisestä esim. liiallisella miettimisellä tai ykköstyypin säännön rikkomisella vahingossa rangaistaan häviöllä tai pelin sisäisellä häviötä edesauttavalla rangaistuksella, kuten esim. pistesakolla Canastassa. Koska turnauksissa lähdetään siitä, että herrasmiessopimukset ovat pahasta, myös tuollaisilla eksakteilla kakkostyypin säännöillä, kuten esimerkiksi ajanotolla taktikoiminen on sallittua.

Näin ollen eräs tapa ajatella turnausshakkia ja gota onkin se, että näissä peleissä ajanotto ja miettimisajan rajoittaminen on pelimaailmaan kuuluva asia, siis osa peliä. Seuraavaksi annan esimerkin tilanteesta, jossa kysymys siitä, onko ajanotto pelin sisäinen seikka vai osa approksimointiprosessia aiheutti ongelmia.

The Master of Go

The Master of Go on japanilaisen Yasunari Kawabatan kirjoittama romaani, joka on osittain fiktiivinen, osittain tositapahtumiin perustuva. Se kuvailee vuonna 1938 pelatun huipputason go-pelin, jossa vastakkain ovat Otake (jonka esikuva on todellinen pelaaja Kitani Minoru) sekä Master (jonka esikuva on todellinen pelaaja Honinbo Shusai).

Perinteisesti, 1800-luvulla, japanilaisessa gossa ei ollut muodollista ajanottoa. Huipputason pelit saattoivat kestää kuukausia, joiden aikana pelattiin hyvin monia pelisessioita, ja peli keskeytettiin pelipäivän lopuksi vanhemman pelaajan päätöksellä. Kun Japani länsimaistui, se vaikutti myös gon peluuseen, ja romaanin kuvailema peli on pelataan muodollisella ajanotolla, mikä on tuon ajan Japanissa uutuus. (Nykyisin huipputason go-pelit ovat kaksipäiväisiä, ja kummallakin pelaajalla on 8 tuntia miettimisaikaa.)

Kun usean päivän pituisia pelejä pelataan ajanoton kanssa, peli ja pelikellot keskeytetään päivän pelisession päätyttyä. Päivän viimeinen siirto on nk. kuorisiirto. Kuorisiirtoa ei pelata laudalle, vaan päivän viimeisen siirron tekevä pelaaja kirjoittaa sen paperille, joka suljetaan kirjekuoreen. Kuori avataan vasta seuraavan pelisession alussa, ja siirto pelataan tällöin laudalle. Näin toinen pelaaja ei tiedä, mikä on päivän viimeinen siirto, eikä näin ollen voi käyttää yötä vastaussiirron miettimiseen siihen. Jos tuollainen yön käyttäminen tiedettyyn siirtoon vastauksen miettimiseen olisi mahdollista, sen katsottaisiin olevan epäreilu etu sille, joka voi miettiä, ja kuorisiirron ansiosta kummallakin pelaajalla on yön aikana tasapuolisen epämääräinen kuva pelin jatkosta.

Romaanin kuvailema peli kesti 14 pelisessiota, ja siinä käytettiin kuorisiirtoja pelipäivien lopuksi. Myös kuorisiirrot olivat uutuus tuon ajan Japanissa.

Romanin keskeiseksi tapahtumaksi nousee eräs kuorisiirto, jonka Otake, nuorempi pelaajista teki. Hän teki sellaisen siirron, joka ei ollut paras mahdollinen abstraktin pelin mielessä, mutta johon vastustaja pystyi tekemään vastaussiirron pelkästään yhdellä tavalla.

153

Näin siis Otake tiesi, millä siirrolla Master tulee vastaamaan hänen kuorisiirtoonsa, ja hän pystyi käyttämään pelisessioiden välisen ajan seuraavan siirron miettimiseen, ja pääsi näin edullisempaan asemaan kuin vastustajansa.

Minun teoriani termein, Otake siis ajatteli, että siirron tekeminen kuorisiirtona on osa pelimaailman kuvausta, ja sillä taktikoiminen on täysin legitiimi pelistrategia. Huomattavaa on, että hänen vastustajansa, Master, loukkaantui Otaken tempusta, ja minun tekisikin mieli tulkita tilanne niin, että Master ajatteli, että ajanotto ei ole osa abstraktia pelimaailmaa, eikä sen kanssa taktikoimalla saa hankkia etulyöntiasemaa itselleen. Masterin mukaan urheilijamainen käytös olisi edellyttänyt sitä, että Otake olisi tehnyt kuorisiirtona siirron, jota hän piti parhaana kun huomioon otetaan vain peli abstraktiona, johon ei kuulu ajanottoa tai siirtojen tekemistä kuorisiirtoina.

Romaanin mukaan Master kommentoi tuota kuorisiirtoa seuraavasti:

> The match is over. Mr. Otake ruined it with that sealed play. It was like smearing ink over the picture we had painted. The minute I saw it I felt like forfeiting the match.

Romaanin jatko kuvailee, kuinka Master, jonka terveys on jo aiemmin ollut hiukan heikko, jatkaa kuitenkin peliä, mutta sairastuu pelin jatkon aikana vakavasti, tuo järkytys osasyyllisenä, ja lopulta parin vuoden päästä kuolee.

Kahden subjektin teoria

Kun pelaaja pelaa peliä, hän itse asiassa edustaa kahta subjektia, joita kutsun peliminäksi ja arkiminäksi. Peliminä operoi abstraktin pelimaailman sisällä ja valitsee pelisiirrot. Arkiminä huolehtii pelimaailman ja oikean maailman vastaavuudesta, ja yleensäkin tekee kaikki päätökset, jotka eivät liity pelisiirtojen valintaan. Siis tyypin (2) sääntöjen noudattaminen on arkiminän velvollisuus. Nämähän ovat tyypillisesti herrasmiessopimuksia. Arkiminä esimerkiksi huolehtii siitä, ettei pelaaja kurki muiden kortteja, vaikka se olisikin mahdollista. Jos kesken pelin huomataan, että pelaajilla on eri käsitys pelin säännöistä, arkiminä neuvottelee, minkä sääntöjen mukaan peliä jatketaan.

Peliminällä on vain yksi päämäärä: Voittaa peli (tai voittaa rahasta pelattaessa niin paljon muin mahdollista, tai sijoittua mahdollisimman korkealle.) Arkiminän tavoitteet ovat niitä syitä, joiden takia pelaaja pelaa peliä, kuten pelistä nauttiminen ja oppiminen pelaamaan paremmin. Pelille ominaisen nautinnon arkiminä saa siitä, että hän seuraa peliminän voitontavoittelua.

Peliminä - arkiminä -jaottelun päätarkoitus on mahdollistaa se, että on yhtaikaa mahdollista pelata voitosta ja herrasmiesmäisesti. Pelinautinnon kannalta on keskeistä, että peliminä ja arkiminä pysyvät heille varatuilla tonteilla (pelisiirrot vs. kaikki muu). Jos voittoa tavoitellan arkiminälle kuuluvilla asioilla, peli kärsii. Samoin peli kärsii, jos aletaan tehdä "hauskoja" siirtoja voittoa tavoittelevien siirtojen sijaan.